D1571750

L'OPEN SPACE M'A TUER

Alexandre des Isnards et Thomas Zuber ont trente-cinq ans. Ces deux futurs ex-cadres dynamiques diplômés de Sciences-Po travaillent depuis neuf ans comme consultants.

ALEXANDRE DES ISNARDS

THOMAS ZUBER

L'open space m'a tuer

HACHETTE
LITTÉRATURES

© Hachette Littératures, 2008.

ISBN : 978-2-253-12900-4 – 1re publication LGF

À Graney et Bon-Papa.
Alexandre

À Agnès et Romane.
Thomas

SOMMAIRE

Préface

L'idée de ce livre est venue d'un mail, un mail collectif envoyé par un de nos collègues pour faire deviner les raisons de sa soudaine démission. Il s'intitulait « Un quiz pour un départ » et comportait une dizaine de questions où nous devions deviner s'il partait parce qu'il en avait marre de son chef, de ses collègues, des changements de projets et donc de chef et de collègues, des agents doubles de l'*open space*, de la fausse bonne ambiance, de la pauvreté de son salaire de « cadre », de l'indigence de son travail de « cadre » ou des charrettes qui l'empêchent de voir sa fille.

Nous ne connaissions pas les réponses à ce quiz, mais nous nous sommes rendu compte que les questions qu'il posait, nous nous les posions tous. Pour la première fois, l'un de nous osait briser le silence ou plutôt l'enthousiasme de façade.

Car vous avez remarqué ? Tout est cool, et tout le monde est heureux dans la pub, le conseil, l'audit, la com, l'informatique, et demain dans toutes les boîtes. L'*open space* est convivial, le stress positif, la mobilité un défi. Les jeunes cadres n'ont plus forcément la chemise bleue, la cravate rouge, le costard sombre et les mocassins : ils peuvent venir travailler en jean et tee-shirt. Le patron n'est plus ce type froid assis derrière son grand bureau en acajou Louis XVI, affublé de sa secrétaire, qui fait barrage : il a remplacé la secrétaire par un BlackBerry, a un bureau modeste, une porte toujours ouverte, tutoie tout le monde et tout le monde l'appelle par son prénom.

Tout s'est démocratisé, tout est permis. C'est la belle vie alors ? En apparence, oui. En réalité, les jeunes cadres pètent les plombs. Turnover, démission, dépression, reconversion, luttes aux prud'hommes : depuis quelques années, les signes du malaise étaient là. Mais nous avons continué de nous taire… faute d'interlocuteur.

Impossible de critiquer dans l'*open space* sans passer pour des syndicalistes ou des révolutionnaires : c'est la dictature de la positive attitude.

Impossible de s'épancher en privé sans passer pour des enfants gâtés : dans l'imaginaire collectif la communication, le consulting, le Web sont des métiers aussi prestigieux que passionnants.

C'est donc entre nous deux, presque en cachette, que nous avons commencé à raconter par mail les gloires et déboires de nos quotidiens de jeunes cadres : un collègue fait un malaise vagal, un autre a un ulcère, un week-end de motivation tourne à la mascarade, une directrice de projet se fait arrêter pour dépression, une consultante se fait soigner pour dépendance au BlackBerry, une autre confond vie privée et vie professionnelle, un dernier refuse une promotion... Petit à petit, nos histoires ont circulé et les proches puis les moins proches sont entrés dans la boucle. Même ceux qui étaient les moins enclins à critiquer leurs entreprises se sont mis à nous dire qu'ils n'y croyaient plus.

Alors, ils se sont lâchés, alimentant nos échanges de scènes vécues dans leurs entreprises. Quand ils ont su que nous allions être publiés, nos boîtes mail ont débordé. « Et ça, tu l'as mis ? » « J'ai un truc pour toi. » « Tiens ! Je te donne cet e-mail hallucinant mais tu changes mon prénom et le nom de ma boîte bien sûr. Je ne veux pas me griller. »

Ce livre est le fruit de nos expériences et de ces témoignages. Que tous leurs auteurs en soient remerciés, qu'ils retrouvent ou non « leur » anecdote dans les pages qui suivent. Qu'ils sachent surtout qu'il est pour eux et pour tous ceux qui se posent des questions dans leur coin sans oser en parler.

Finalement, ce livre raconte tout ce que les jeunes cadres savent mais qu'ils taisent et donc que les autres ignorent : les nouvelles formes de violence, le diktat de la bonne humeur et de la convivialité, la fausse liberté qu'offre la flexibilité, le supplice du *timesheet*, la folie de l'évaluation et de l'autoévaluation, le manque de reconnaissance, etc.

Bref, l'envers du décor de ce néomanagement qui avait tout pour plaire mais qui, à l'usage, ne consiste qu'à essayer de rendre cool cette réalité : nous sommes des ressources interchangeables. Du coup, plus de projet commun, plus de fidélité entre l'entreprise et ses jeunes cadres. Les dirigeants peuvent bien pester contre cette génération qui a perdu la valeur travail et ne pensent qu'à leur vie privée, ils oublient juste une chose : cette attitude n'est pas une cause mais une conséquence. Entre les jeunes cadres et l'entreprise le lien de confiance est cassé. C'est le règne du chacun pour soi. On exagère ? Non, on vous ouvre les portes de l'*open space*.

« Je suis charrette »

La comédie humaine a toujours existé au sein de l'entreprise. Vous y trouverez les affairés et ceux qui font semblant de l'être. Ceux qui parlent de leurs prouesses et ceux qui pensent que leur travail va être reconnu de lui-même. Il y aura toujours les flatteurs qui veulent attirer l'attention des dirigeants et les frondeurs qui méprisent la hiérarchie…

Mais la comédie humaine a de nouveaux codes et la première des choses à apprendre quand vous arrivez dans l'*open space*, c'est… d'avoir l'air toujours débordé.

En Allemagne, lorsque vous êtes dépassé, c'est que vous êtes mal organisé. En France, c'est une marque de distinction. Sachez donc que, pour être tranquille, il faut avoir l'air sous l'eau. Les pros de l'organisation, des *process*[1] et du *reengineering*[2] doivent paraître débordés.

Le jeune cadre qui veut se donner de l'importance

---

1. Processus de production.
2. Réorganisation. Voir Glossaire.

effectue des allers-retours dans l'*open space* en parlant tout fort, le portable collé à l'oreille. Il s'assoit négligemment près de votre bureau et ne vous prête aucune attention. Mufle ? Non, car il a compris, ou c'est inné, qu'un jeune cadre n'a jamais le temps de se poser. Son leitmotiv : « Je suis *full*, je suis charrette. »

Ayez toujours l'air pressé. Courez dans les couloirs, avec un dossier sous le bras de préférence, même si vous allez aux chiottes. Réapprenez au plus vite tout ce que votre mère vous a défendu pendant votre enfance. Claquez les portes, raccrochez violemment le téléphone quand il est nécessaire de paraître en colère. Si vous recevez un appel perso, répondez : « Je te rappelle plus tard, car là, je suis sur un truc chaud ! »

À votre retour de vacances, participez au concours de celui qui a reçu le plus d'e-mails en vous exclamant d'un air faussement ennuyé : « Putain, 350 e-mails ! », et passez votre journée à effacer les *newsletters* et les messages perso. En fin de journée, balancez à l'*open space* un : « J'ai l'impression qu'il va encore falloir que je vienne aux aurores ! » Si vous êtes resté tard, n'oubliez pas d'envoyer un e-mail « Pour info » à votre supérieur, qui sera bien daté du 28 septembre à 23 h 12. En fin de semaine, partez avec votre ordinateur portable, même si c'est pour mater des DVD dans le train.

Le temps d'un manager est plus précieux. Plus important que le vôtre en tout cas. Il arrive toujours en retard aux réunions internes. Aux comités clients, il lui arrive de laisser sonner son portable pour sortir dix minutes et revenir en disant : « Excusez-moi, j'avais un point urgent à traiter. » Très important de montrer qu'il est sur plusieurs fronts à la fois. « Tu m'la fais courte, s'te plaît ? » Essayez de faire ça si vous êtes un consultant junior !

Le challenge du manager est d'imposer son agenda aux autres. Vous avez sûrement vécu une situation comme celle-là :

Dring !

— Salut, Patrick, c'est Sabine [sa n+2]. Tu peux passer me voir, s'te plaît ?

— Oui, j'arrive.

Sabine, en pleine conversation, fait signe à Patrick de rentrer :

— Tu pourras garder les petits ce week-end ? Est-ce que Charles sera là ce soir ? Ah, OK. Non, je t'ai dit pas tout de suite, écoute, non ! Pas cet après-midi ! Je suis en réunion client toute la journée. Rappelle-moi ce soir et je te dirai pour ce week-end. […] OK !

Patrick fait mine de s'en aller en mimant un « Tu m'appelles ? ». Mais Sabine lui fait signe de rester.

— Oui. Rappelle-moi ce soir. Oui, je t'embrasse, maman.

Nouvel appel pour Sabine. Elle regarde le numéro qui s'affiche mais ne décroche pas.

— Oui, Patrick, je voulais qu'on fasse le point sur le projet LVHM sur le budget, tu as…

Ting ! Bip d'alerte de son PC. « Vous avez un nouveau message. »

— Tu m'excuses deux secondes ? J'attendais un e-mail important.

Dix minutes avant de se rendre disponible. Dix minutes, ce n'est rien, mais cela a suffi pour donner l'impression à Patrick qu'il n'existait pas. Dix minutes où il a eu le temps de se dire : « Bon sang ! Elle ne peut pas me dire quelque chose, me libérer. C'est dingue ! »

Le nouveau *wording*

Pour aller de plus en plus vite, la langue s'est contractée, les échanges se sont raccourcis. Les e-mails sont automatisés. Tout est aligné à gauche. Les fautes d'orthographe sont pléthore. Signe tacite que l'on n'a pas de temps à perdre en fioritures littéraires.

Les expressions stéréotypées pullulent à l'écrit comme à l'oral. Au hit-parade des plus tendance : « Je reviens vers toi » ou « Il n'y a pas de souci ». Des formules toutes faites qui évitent de chercher ses mots. Gommons les équivoques, les hésitations.

« Je me rapproche de Gérard et je reviens vers toi dès que possible concernant les soucis en termes de planning. »

Entre collègues, on aime bien le classique : « Grosso merdo » ou les phrases de bon sens *old school* comme : « Je ne cherche pas, je trouve ! » ou : « Il n'y a pas de problèmes, il n'y a que des solutions. » Et toujours pour ne pas prendre de temps, il est courant de répondre « Et toi ? » quand on vous demande si ça va.

Ne soyons pas chauvins, les meilleurs pour les formules synthétiques sont les Anglo-Saxons. D'ailleurs, ce sont eux les inventeurs des théories modernes de management. Les plus classiques sont ASAP *(as soon as possible)* ou FYI *(for your information)*, bien préférables à « Pour ton information ». Cela fait beaucoup plus professionnel d'« implémenter » que de « mettre en place » une solution. Quand vous éditez des coupons de réduction, dites que vous « implémentez » une opération de « couponing ». Quand vous rédigez un document, faites attention au *wording*. Quand vous suivez un projet, vous faites du *monitoring*. Quand vous réunissez des gens pour réfléchir, c'est un *brainstorming*. Quand vous remplissez votre *time sheet*[1] sur l'Intranet, vous faites du *reporting*…

Ne vous méprenez pas. On ne veut pas jouer les maîtres Capello, mais juste souligner que ce langage a une logique : l'efficacité prime sur tout. Il faut utiliser ces formules : c'est le code secret du jeu. Abandonnez votre goût pour la syntaxe et les messages personnalisés. Prenez cela comme un solfège rigolo vite appris : « reco », « strat », « propale », « bench », « specs »[2], *do si la sol fa mi ré do*.

Tous les barbarismes, abréviations, anglicismes sont employés par habitude ou imitation. Grégory, chef de projet chez Unifog, définit le « phasage[3] » d'un projet,

---

1. Feuille de présence. Voir Glossaire.
2. Recommandation, stratégie, proposition commerciale, *benchmarking*, spécifications.
3. Découpage en plusieurs phases d'un projet.

prépare les « livrables[1] » et « délivrera[2] » des *reportings* d'analyse.

Grégory remplace les mots simples de sa « reco » par des mots redondants : méthode par « méthodologie », problème par « problématique », sélection par « sélectivité ». Gonflé, il n'hésite pas à demander à son junior une « synthèse détaillée » de la réunion d'hier avec des « schémas exhaustifs ».

Ces expressions antithétiques cachent chez lui la peur de l'incompétence. L'expression « principes concrets » émaille ses recommandations stratégiques. Il ajoute le mot « concret » même pour des choses abstraites, car il veut faire passer au client le message qu'on ne lui vend pas du vent.

Si vous voulez être pro, ne tardez pas à maîtriser ce nouveau *wording*.

---

1. Documents à fournir aux clients.
2. Fournir le document. Voir Glossaire.

Le manager du moi

Chez Altilog, on peut déconner avec son patron, faire du sport ensemble, partir deux jours en séminaire, bref, on s'éclate. On est dans le *no limit*, dans l'entreprise de tous les possibles. On travaille en réseau, avec des petites unités souples et décentralisées.

Finis les petits chefs autoritaires qui donnent des ordres et font respecter des consignes. Voici venu le temps des managers qui animent, supervisent et fédèrent les énergies.

Thierry, trente et un ans, est un néomanager participatif, qui rend autonome et fait en sorte que ses cinq chefs de projet – Nathalie, Laurent, David, Alex et Sarah – soient efficaces, qu'importe la manière. Il ne suit pas les projets, il suit ses chefs de projet.

Thierry fixe les objectifs et après laisse faire ses troupes. Il n'est pas derrière ses collaborateurs. Ce n'est pas le genre à imposer une tâche à Nathalie. Il préfère qu'elle arrive où il veut par elle-même. D'où son approche en douceur pour obtenir le résultat souhaité :

— Salut, Nathalie, si t'as le temps, tu pourrais jeter un coup d'œil à ce doc.

— OK, je regarderai ça.

Thierry revient à la charge une heure après sans pour autant être directif :

— Nathalie ! Le client m'a rappelé il y a un quart d'heure, il voudrait avoir les specs[1] aujourd'hui.

— Ah bon ? Il faut prioriser ce point cet aprèm alors.

— Tu fais comme tu le sens, mais ça serait bien que tu te dégages un peu de temps.

— OK, OK, si le client le demande alors…

Autorégulation de Nathalie, elle prend la priorité à son compte.

Le manager traditionnel recadrait de façon autoritaire, le néomanager participatif recadre de façon empathique. Tout un art.

Exemple :

— T'es sûr que ça va, David, en ce moment ? T'aurais pas des problèmes perso ?

— Mais non. Tout va bien ! Pourquoi tu me demandes ça ?

— Écoute, je vais être direct. Au dernier comité de projet, t'avais l'air ailleurs.

— Oui, c'est vrai. J'ai un peu la crève en ce moment.

— Alors envoie-moi ton CRA[2] et rentre te reposer si tu veux.

— Ça va aller. J'ai pris un Efferalgan. Je suis opérationnel, maintenant.

---

1. Spécifications. Document qui décrit les fonctions d'un logiciel en vue de sa réalisation.

2. Compte rendu d'activité.

Pas de contraintes. David peut rentrer chez lui, mais ne le fait pas, pour paraître impliqué. Thierry renforce son côté humain en se montrant soucieux de la santé de son collaborateur.

Le manager à l'ancienne dictait des tâches et contrôlait derrière leur bonne exécution. Thierry laisse ses collaborateurs libres de l'organisation de leur temps, libres de définir leurs priorités. Il n'intervient pas en amont et leur laisse même l'initiative de l'ordre du jour.

Exemple : comme tous les vendredis, Thierry balance un e-mail à ses cinq chefs de projet.

```
Bonjour à tous,
Merci de m'envoyer pour chacun d'entre
vous votre ordre du jour pour notre point
du lundi.
Cordialement,
Thierry
Directeur de projet
```

On est lundi. C'est donc le point hebdomadaire avec ses chefs de projet. Il commence par Laurent, qui doit prendre l'avion pour Toulouse.

— Bon, allez, regardons ton ordre du jour. Premier point : phase de test.

— Alors, là-dessus, j'aurais besoin d'un conseil de ta part.

— C'est quoi le problème ?

— Choix difficile : soit on sacrifie une phase de test

pour tenir les *deadlines* avec risque de bugs, soit on donne la priorité à la qualité en retardant la livraison.

— Et tu opterais pour quelle solution ?

— Je pense qu'il faut prendre un risque contrôlé et blinder un peu moins les tests.

— T'as bien étudié les impacts en cas de non-validation ?

— Oui, oui, c'est sous contrôle.

— Alors, je te suis dans ton idée.

Thierry ne se mouille pas. La solution vient de Laurent. Un bon moyen pour lui de ne pas se compromettre en vue d'un éventuel dérapage du projet.

— Rien d'autre, Laurent ?

— Non, non, c'est bon.

— Moi, de mon côté, je voulais te féliciter pour ton *rate*[1] qui est très bon. T'as cent vingt jours de facturés pour cinquante-six de consommés.

— Sur ton tableau, là, ce sont tous les autres projets ?

— *Yes*, et d'ailleurs, si je fais un *check* rapide, je vois que t'es le chef de projet avec la meilleure marge.

Opération *quick win* : Thierry flatte Laurent, Laurent bosse mieux. Le manager traditionnel mettait de la distance hiérarchique, le néomanager préfère jouer les papas. Exemple avec Alex et Sarah :

Alex a le dos qui lui fait hyper mal. Ça se passe au

---

1. Rapport entre le nombre de jours/hommes vendus et le nombre de jours/hommes consommés pour la réalisation du projet.

niveau des lombaires et de la colonne. Entre midi et deux, il consulte son ostéopathe qui lui fait craquer les vertèbres et lui recommande d'aligner son écran avec le clavier.

De retour, Alex déplace son écran, un moniteur ancien modèle au long tube cathodique, au milieu de la table dans le prolongement de son clavier.

Sarah revient de réunion et s'assoit à son bureau, face à Alex. Elle voit l'écran qui trône sous son nez et lui bouche la vue sur l'*open space*. En plus, les vapeurs dégagées par les circuits électriques lui arrivent en pleine poire. Elle ravale sa chique en grommelant, puis explose :

— L'ordi, comme ça, là, je ne peux pas !

— Écoute, c'est pour mon dos, je n'ai pas le choix. C'est l'ostéophytique.

— C'est INSUPPORTABLE d'avoir ces émanations électriques dans la gueule. Tu le remets où il était. Tout le monde le met comme ça !

— Non ! C'est mon bureau tout de même.

— Putain, je m'en fous, je vais en parler à Thierry.

Deux ou trois heures passent. Le moniteur d'Alex est toujours au milieu. Sarah est en face. *War zone*. Ils n'ouvrent pas la bouche et ne lèvent pas les yeux.

Ils bossent, mais pas vraiment car ils ne pensent qu'à ça. Jusqu'à ce que Thierry convoque Alex :

— Écoute, Alex, fais un effort. Faut être au-dessus de ça. Tu vois bien que c'est difficile en ce moment.

Pas de prise de position, Thierry arbitre. Il donne à Alex la possibilité de céder sans perdre la face en étant le mec « au-dessus de ça ». Il prend un air hyper sérieux pour un psychodrame qui ressemble plus à un arbitrage de cours de récré.

Des histoires infantiles braquent des équipes, ralentissent des projets et pourrissent l'ambiance. Thierry préfère régler ce problème pour qu'ils continuent à se mobiliser. C'est le rôle d'un manager participatif.

Thierry porte ses chefs de projet pour qu'ils aient envie de porter leur projet. Mais il laisse les abeilles voler tant qu'elles ramènent du pollen dans la ruche. Il suit leurs *reportings*[1] comme le lait sur le feu. Si un projet est dans le rouge, il sait aussi siffler la fin de la récré.

Exemple avec Nathalie :

— Bon, Nathalie, sur ton projet, je constate un glissement de vingt jours/homme par rapport à la charge estimée. C'est quoi qui n'est pas sous contrôle ?

— Écoute, moi je suis *clean* sur mes trucs. Par contre, c'est clair, l'arrêt maladie de Gary de deux semaines a eu un impact.

— Et pourquoi tu ne m'as pas remonté une alerte ?

— Je pensais qu'on allait rattraper le *gap*.

— Attends, Nathalie. On dirait que t'attends que ça te tombe du ciel. Faut le challenger le client.

— Je ne vais pas l'engueuler tout de même.

— Il ne s'agit pas de l'engueuler, mais de le reca-

---

1. Présentation périodique de rapports sur les activités et les résultats. Voir Glossaire.

drer. J'ai l'impression que tu ne te rends pas compte que sur ton projet, on perd de l'argent.

— Si, si, je m'en rends compte.

— Alors c'est quoi, ton plan d'action ?

— Bah, faut que je voie la disponibilité des ressources côté client.

— Bon, écoute, revois le planning et tu me fais un point avec les impacts à 19 heures.

Participatif… jusqu'à un certain point. Mais ça change des petits chefs, non ? En apparence, oui…

« On va les défoncer ! »

Les nouveaux managers sont vraiment trop cool. Animateurs hors pair, champions du *should management*, débordant d'ego, ils ont aussi tendance à communiquer avec un naturel qu'on ne vous autorisera pas. Et qui en dit long sur la réalité de ce néo-management :

« On va les détruire, on va les tuer, on va les écraser ! » lance un directeur de création à propos d'un concurrent.

Patrick, un jeune graphiste de son équipe, ne travaille pas assez ? « Patrick, il est bon, mais c'est pas un violent. Il faut le fouetter », tranche-t-il sans avoir conscience de la violence de son propos, car tout le monde emploie ces expressions.

À longueur de journée, les *open spaces* résonnent de : « Il faut y aller ! Il faut mettre le paquet ! », « Va falloir se booster ! », « On va les déchirer ! », « On va être les meilleurs ! »

Ouais, c'est ça ! Allons-y ! Jusqu'ici, nous voulions tous être médiocres. On est vraiment cons. Merci,

Seigneur, de nous avoir apporté l'énergie et la lumière qui nous manquaient.

Thierry L., président de Communication Hyper-active, aime bien provoquer ses cadres : « Est-ce que t'es à fond ? Moi, je suis à fond en tout cas. J'ai quarante ans et je fais le marathon de Paris ! J'ai plein d'idées. Je fais plein de choses. Ça va cartonner cette année. »

Ce mec ne vous a jamais parlé et tout d'un coup va feinter une fausse proximité. Que faire ? Écouter. Que dire ? Rien. Juste sourire bêtement. C'est la seule solution. En fait, il ne s'adresse pas à vous. Il n'y a aucune logique dans son charabia. Il veut juste se mettre en scène et raconter sa vie.

Pascal, Business Developper chez Deloitte J'tetouche, aime bien motiver ses troupes par des incantations du style : « Quand je fais du ski, je fais du hors-piste ! Il faut sortir des sentiers battus ! » Infantilisant, non ?

En général, le registre du sport est bien apprécié. Les valeurs sportives sont étalées dans les visuels des plaquettes institutionnelles (parachutistes qui se tiennent la main dans le ciel, mêlée de rugby…). Les séminaires de *team building*[1] sont presque toujours des événements sportifs (régates, baby-foot humain). En octobre 2005, Altrain a lancé un « open du recrutement » à Roland-Garros pour « rencontrer les managers et les recruteurs du groupe dans un lieu où

---

1. Renforcement d'équipe. Voir Glossaire.

sportivité et compétition sont de mise ». Pour se « qua-
lifier » pour cette journée, il fallait envoyer son CV par
e-mail.

Un manager, face à une jeune chef de projet brillante
susceptible de démissionner, use de son inspiration
pour la convaincre de rester :

— Tu ne peux pas partir ! C'est comme si Zidane
quittait l'équipe de France en pleine Coupe du monde.

Dans la lignée du sport, il est de bon ton d'afficher
sa virilité. Un manager un peu mou est décrit comme
un mec qui n'en a pas. « Putain, les mecs, vous n'avez
rien entre les cuisses ! Le client, faut le violer ! Mettons
les tripes sur la table ! » dit Carole C., pas craintive,
lors d'une réunion avec les responsables du développement. Belle allégorie du libéralisme !

Le manager qui voulait habilement faire renoncer
Mélina à sa démission en la comparant à Zidane tente
l'approche psychologique lors du second entretien :

— Tu penses que tu vaux quelque chose sur le
marché du travail ? Mais tu n'es rien ! Je sais que tu
veux partir parce que tu sens que tu n'es rien. Tu te
sens écrasée. Je peux t'aider.

Puis montre son vrai visage lors du dernier entretien :

— Moi, Daniel H., je te demande officiellement de
retirer ta démission.

Mélina sourit, mais tremble à l'intérieur ; il en pète
un câble :

— Tu te fous de moi ?

— Moi ? Non !

— DÉGAGE !

À ce moment, Mélina a l'impression que son boss veut la frapper.

Ces accès de violence ne sont-ils que des dérapages ? Pas sûr, car derrière les jolis termes « synergie », « optimisation » ou « process », il y a bien la volonté de faire de vous le pourfendeur du gaspillage, l'optimisateur de la marge. Grâce à votre « capacité à aborder des problématiques sous différents angles », à une « stratégie de focalisation sur des domaines à forte valeur ajoutée » et à votre « mobilité intellectuelle et géographique », vous allez repérer les « opportunités d'amélioration », et « créer de la valeur ». En clair, vous allez vous « défoncer » pour « défoncer la concurrence ».

Soucieuses de gommer cette image d'iceberg arrogant qui fait la réputation des consultants, certaines directions de la communication et des ressources humaines essaient de mettre un peu d'humanité dans ce monde orwellien. Le site Internet d'Accenpelure[1] propose ainsi des témoignages côté PRO et côté PRIVÉ des consultants de l'équipe projet. Le problème, c'est que plus elles s'attachent à démontrer que la vie est agréable et épanouissante, plus on a envie de fuir !

La femme de Thomas, responsable des données de base et conversion, confie par exemple : « Depuis qu'il est chez Accenture, Tom a vraiment changé. Avant, il était complètement désordonné, il ne supportait pas

---

1. www.life-at-accenture.fr

de planifier ses journées. Aujourd'hui, je crois que tous nos prochains week-ends sont déjà *bookés* ! »

Accessible (tutoiement), ouvert (*open space*), le nouveau management joue sur un registre plus intime, plus participatif. De l'extérieur, cela donne envie. De l'intérieur, on se rend compte que rien n'a changé : sur fond d'imposture, d'attaques personnelles, de « toxicité émotionnelle » (comme disent les « behaviouristes » américains) et de dictature du bonheur, les rapports sont violents et les hiérarchies bien présentes.

Open stress

Imaginez travailler dans un café. Une lumière douce, un fond de musique jazzy, les gens parlent, boivent, rient… ça vit. Vous n'avez pas pris votre Mac pour faire le bo-bo (que vous êtes), mais pour bosser. Vous y êtes bien.

Moins facile de se concentrer dans l'*open space* de Business & Incisions, au 37ᵉ étage d'une tour de la Défonce, avec les néons pour lumière et les ventilos des ordis en musique de fond. On y boit de l'eau, du café en gobelet et, à midi, ça empeste le nem grillé que Gaétan bouffe devant son écran. Sur un plateau ouvert en bois clair, cinquante salariés, d'une moyenne d'âge de vingt-neuf ans, sont collés les uns aux autres plus de dix heures par jour. Chacun son ordi, son téléphone fixe et sa lampe halogène.

Vincent est assis côté couloir, face à deux développeurs et un chef de projet à sa droite. «Fatigante, Céline, à speeder avec ses talons! Clac, clac, clac. Elle fait du vent en passant. Ça stresse. L'assurance de Bruno au téléphone! Il déroule tranquille sur son projet hyperchaud. Pas trop le cas de Sonia, la pauvre! Vu sa tête, on dirait qu'elle galère encore avec sa cliente. Bien silencieux le Chuck depuis quelque temps. Hyperconcentré ! Je ne sais pas comment il fait. Moi je n'arrive pas à rester focus plus d'une demi-heure », se dit Vincent.

Ah, voilà le Patrick et son portable. En fait, il n'y a personne au bout du fil. C'est pour éviter de raconter sa vie à tous les mecs qui le topent au passage : « Alors ! Comment il va, le Patrick ? »

Dring, c'est la sonnerie insupportable de Gary. « Fait chier ! Il nous a encore laissé son portable allumé. Le mec ringard qui se la joue décalé. » Dix minutes après. Même sonnerie, même musique nasillarde : c'est la messagerie qui rappelle. Vincent se lève.

— J'en peux plus. Je le coupe, sinon, je vais péter une durite.

— Ouais ! T'as raison, mets-le en veilleuse. Moi, si je le chope, son bidule, je l'éclate contre le mur, ajoute Bruno.

— On va se prendre un thé citron ? Je sature du bruit, là !

De retour de la K-fête, Vincent jette un coup d'œil sur l'écran de Sonia.

— C'est ton fichier de suivi de projet ?

— Ouais, c'est pour le projet Tefol.

— Moi, j'en ai fait un vachement bien pour le projet Areteva. J'y trace tous les retours client point par point. Je peux te l'envoyer si tu veux.

— Oui, OK, je veux bien.

— Ça y est, je te l'ai forwardé, lui crie Vincent à l'autre bout de l'*open space.*

— Merci, je regarde ça tout à l'heure.

Vincent, on dirait le Belge du camping qui vient vous proposer du sel ou des merguez sous votre tente. Le gars sympa, mais intrusif. Il se rassoit à son bureau. «Mais il caille ! C'est encore Gary qui s'obstine à couper le chauffage. C'est bien un gars du Nord, lui. Moi, je suis de Marseille. Putain, con ! »

Cet aprèm, rush de fin d'AO[1]. Faut tout boucler. Déjà, ce matin, Christophe de Chik le partner a sorti qu'il n'était pas «amoureux de la maquette», ça a gonflé Thierry, le DA, mais c'est clair, ça ne peut pas partir en l'état chez le client. Les spécs fonctionnelles[2] du *back office*[3] ne sont pas terminées. Il reste à imprimer le doc final et à faire les brochures. Le coursier doit déposer le pli avant 17 heures. Plus que deux heures. Quinze mètres plus loin, Sonia et Gary ont improvisé une *conf call*[4] avec le téléphone mis sur haut-parleur posé sur un coin de table. Le volume global a augmenté. C'est l'effet «cocktail» : tout le monde se met à parler plus fort pour se faire entendre.

Le coursier parti, pétage de plombs collectif en

---

1. Appel d'offres.
2. Document qui décrit les fonctions d'un logiciel en vue de sa réalisation.
3. Outil informatique qui permet à l'entreprise d'administrer et de gérer son site.
4. Réunion téléphonique.

direct live qu'on s'autorise dans les milieux autorisés de l'*open space*. José, Olive et Guillaume se balancent des balles en caoutchouc comme dans la pub Narta. Les pots de crayons valsent. Guillaume mate une vidéo-gag sur Youtube, «Régis coupe une branche», envoyée par un pote. Vincent, au téléphone avec un client, reçoit une balle en pleine poire.

— Excusez-moi deux minutes, dit Vincent au client. (Il active la touche «mute» pour que le client ne l'entende plus.) Putain, arrêtez vos conneries, je suis avec le client ! (Il reprend le client au téléphone.) Oui, allô ? Oui, excusez-moi, j'ai été interrompu. OK, je reviens vers vous dès que j'ai du nouveau. Au revoir, à bientôt.

Guillaume balance un mail à José et Olive :

```
Eh ! les gars, on se retrouve à la machine
à café dans 5 min?
```

Ils partent chacun leur tour discrètos pour se retrouver à l'étage inférieur.

— Putain, José, t'as vu le père Vincent, ce n'est pas un drôle, hein !

— Ouais, puis en s'énervant comme ça il s'exclut lui-même du mouvement.

— Attendez les gars ! C'est normal qu'il soit énervé ! Il était avec le client au téléphone, ça fait pas sérieux d'entendre des gens hurler derrière. Mettez-vous à sa place.

Fin de journée, 21 heures. Dehors, c'est la nuit

noire. Dedans, il ne reste plus grand monde. Vincent a mis une musique soupe lounge genre Buddhabar III, mais ça ne cadre pas avec la lumière.

— Hé, les amis, vous ne voulez pas passer à l'halogène ? Les néons, ça fait hôpital psychiatrique.

— Ouais, je suis d'accord. Ça ferait plus cosy.

— Sonia ?

Elle ne répond pas.

— OK ! Deux oui, une abstention. J'éteins les néons.

Rien de dramatique, c'est la vie en communauté, mais en aucun cas le paradis convivial mis en avant par les *space planners*[1]. Si vous interrogez un consultant après un an d'*open space*, il donnerait sa mère pour avoir un bureau fermé. Si vous prenez les derniers sondages, les jeunes cadres trouvent l'*open space* en majorité « plutôt gênant », voire « carrément insupportable ».

Les entreprises s'en rendent compte à leur manière…

D'abord, on change les noms pour que tout le monde se sente mieux. L'accueil devient le « lounge », la machine à café, la « K-fête », les couloirs, des « espaces de rencontre », et les salles de réunion, des « espaces de communication ». Effectivement, on se sent beaucoup mieux !

Ensuite, on aménage des cellules d'isolement. Le salarié peut se concentrer dans les *bubbles*, alcôves,

---

1. Architectes de l'*open space*.

nids ou cellules monacales… selon les crues. Des rustines… c'est comme mettre des murs antibruit au bord du périphérique.

Ces décors improvisés, où tout paraît spontané et convivial, ne laissent rien au hasard. La « fantasy » des *lounge rooms* n'a rien de fantaisiste. Chaque mètre carré compte, chaque angle de vue est calculé. D'ailleurs, on aménage, mais on reste plus que jamais en *open space*. Ça se diffuse partout. Pourquoi ? Pour économiser de l'espace et pour l'autosurveillance.

L'*open space* ressemble à un petit village où les petits vieux observent ce qui passe dans la rue à travers les persiennes. Les petits vieux, ce sont les Vincent, Guillaume, Sonia and co, des consultants ni langue de pute ni délateurs, mais des personnes qui jugent. Tout le monde surveille tout le monde. Tout le monde s'entend, se voit, s'épie. Des bruits de couloir, des rumeurs, des réputations se construisent peu à peu.

Le téléphone fixe de Sonia sonne :

— *Hi, how are you ?* (c'est son client anglais).

— *Yes. Yes, I will send the webdoc as soon as possible but…*

— *Yes, yes, yesterday in the brainstorming euh. Yeah ! we have decided to delivery a… project planning in two days.*

— *It is not a problem. The deadlines will be OK… Euh, euh… Nothing more ? OK ! Bye See you.*

« Dire qu'elle ose mettre anglais courant dans son CV », se dit Vincent. Sonia raccroche et regarde autour d'elle. Pas de réaction. Vincent fait semblant de ne pas avoir vraiment entendu. Classique.

Besoin de changer d'air pour Sonia en allant au café.

Coup d'œil au passage sur les écrans de David et Sophie, deux juniors récemment recrutés. Réflexe pavlovien d'*open space* : tac tac sur les touches alt-tab pour zapper de la fenêtre ouverte sur Hotmail au doc Excel de travail pour David ; Sophie, qui n'a pourtant rien à se reprocher, sursaute lorsque Sonia passe derrière. Comme tous les juniors, on les a installés direct à des bureaux côté couloir aux écrans bien exposés. Sonia, avec trois ans d'expérience, est placée près de la fenêtre dos au mur. Il y a une hiérarchie géographique.

Sonia et son pote croisent Jean-Loup de la Chaudière qui fait du *management by walking around*. Fermez les blogs et les fenêtres perso, les gars !

— Ça va, Nadia ? Le client est content ? La réunion Euro Airlines s'est bien passée ? Tu passeras me faire un debrief en fin de matinée. N'oublie pas, hein ?

— Laurence ? On en est où sur le dossier développement durable et nucléaire ? Ils signent quand ?

— Baptiste, t'es sur quoi en ce moment ? OK. Passe me voir, faut que je te parle d'un truc.

Il passe à côté de Vanessa et regarde son écran.

— Tiens, t'es sur Airpus, toi ? Ça ne marche pas fort il paraît.

— On a pas mal de retard. Ils ont mis deux semaines pour valider la charte graphique d'AirLines Careers.

Fin de journée, c'est parti pour le ballet des

contorsionnistes. On commence à s'observer pour voir qui sort le premier. C'est normal de partir. Mais quand ? Un cadre ne compte pas ses heures.

18 h 30 : Bertrand, assis trois mètres derrière Victor, lui balance un message MSN pour préparer une sortie synchro :

> **Pepito dit :**
> **On décolle dans 15 minutes.**
> **Victor dit :**
> **OK.**

18 h 45 : Bertrand ramasse ses affaires et se retourne vers Victor.

— Ça y est, t'es prêt, on y va ?

— C'est bon, laisse-moi juste le temps d'envoyer un mail.

Bertrand est planté là, à côté de Victor. Un peu gêné car tous les regards convergent vers lui. Victor finit par se lever.

— C'est bon ! On est partis.

Jean-Philippe, un directeur de projet, leur dit :

— Je vous souhaite un très bon après-midi.

Victor répond du tac au tac :

— Et moi, je vous souhaite une très bonne nuit à tous.

Les consultants détournent le regard. Il est fou Victor ou quoi ?

Gaétan n'a pas envie de se coltiner Erwan dans le métro. Il ne fait que parler boulot.

— On y va, Gaétan ?

— Non, je suis sous l'eau. Ne m'attends pas.

Vincent a sa petite technique pour partir incognito. Il sort par l'escalier principal la clope au bec, ce qui lui permet d'enfiler un manteau et de filer dès qu'il a grillé sa Malback dans la cour.

Petite montée d'adrénaline avant d'être dehors. Surtout ne pas croiser Julia, sa n+1 à qui il a envoyé un e-mail pour validation. Pas de Julia en vue ? La voie est libre. Hop ! c'est parti.

Nicolas ne part jamais avant son boss. Il n'a plus rien à foutre, mais reste, l'air concentré, à mater les caisses d'occasion sur Caradisiac et eBay. Son n+1 part à 20 h 05. Libre 10 minutes après, cool !

Dans *Huis clos*, les personnages sont condamnés à « vivre les yeux ouverts ». En *open space*, les consultants doivent « vivre à visage et écran ouverts ». Tout le monde peut passer vérifier si vous êtes heureux, si vous dormez, soupirez, riez… « Détection de sourire », comme dit la pub pour Canon. Smileys sur son MSN. « *Put a smile on your face and your ass on facebook.* » Les moins adaptés au jeu du je-t'observe-mais-ne-te-juge-pas-mais-en-fait-si-je-te-juge sont vite repérés.

Dé-management

À la dernière réorg, il y a quatre mois, Jérôme a changé d'étage. Il s'est retrouvé dans l'*open space* du premier avec environ quarante personnes. Dans cette vaste salle, il a son ordi dans un bloc de quatre aux côtés de Marina, une petite blonde pêchue directrice de projet, de Gary, un intégrateur HTML à la pointe de la convivialité, et de Charlotte qui termine son stage. Jérôme a vite bien accroché avec ses trois collègues. Ils ne sont pas forcément staffés sur les mêmes projets, mais déjeunent souvent ensemble, se vannent ou se rendent des services mutuels.

— Marina, tu peux répondre à la chargée de com de Tefol steplaît ? Tu lui dis que je suis en réunion.
— OK, pas de problème.
Ils ne jouent pas du tout le jeu de la surveillance mutuelle. Quand Jérôme revient un peu plus tard du déjeuner, il est couvert par Marina.
— T'as pas vu Jérôme ?
— Il a dû aller chez le médecin avec sa fille. (Tu parles, il voyait une copine.)

En *open space*, les salariés sont mis en concurrence. Par le regard, ils se régulent les uns les autres. Mais de petites solidarités locales viennent casser le jeu de la concurrence pure et parfaite. Les camaraderies endorment la surveillance entre voisins et ça se relâche. Alors, pour réintroduire de l'émulation saine, on brasse, on ventile, on redistribue les cartes par un déménagement interne.

Observez la douceur et l'habileté de ce message Intranet plein de bonnes intentions et de bonne humeur adressé à toute l'agence.

Vive la mobilité chez Puke !

Comme vous l'avez sans doute entendu, l'idée d'un déménagement interne chez Puke a fait son chemin, et semble progressivement avoir intéressé et rallié beaucoup de monde...

Nous avons donc constitué un petit groupe de travail qui a planché sur un projet de plan pour les trois étages du 8.

Les objectifs sont nombreux :

– contribuer à créer un peu de nouveauté entre nous ;

– favoriser encore une qualité, une fraîcheur et une efficacité de communication interne ;

– faire émerger des idées et un état d'esprit plus innovant par le changement.

Les propositions du groupe de travail seront affichées demain dans la K-fête pour votre information. Si, en dépit du soin et de la réflexion approfondie apportés à ces changements, quelques vraies « incompatibilités de quelque nature » nous avaient échappé, merci de la (ou les) mailer à Françoise.

Voilà !

Vos responsables se tiennent à votre disposition pour en parler.

Et merci d'avance de votre coopération !

Daniel H

Un vrai bijou de management participatif ! Venez nous voir, apportez vos idées, mais de toute façon tout est décidé. Car on a vraiment beaucoup réfléchi…

— Marina, t'as vu le message de l'Intranet ?

— Putain, Jérôme. À tous les coups, on va être dispatchés.

— Ça, c'est clair. T'imagines, t'as Murielle toute la journée à côté de toi. Moi, je me tire une balle.

— Ouais, ou Thierry qui parle tout le temps hyper fort.

Gary revient de réunion et ajoute :

— Ouais, on était bien ensemble. Mais on continuera à se faire des bouffes.

— Bien sûr, mais ça ne sera pas pareil.

Le lendemain matin, les plans sont affichés à la K-fête avec la nouvelle disposition. Jérôme y retrouve Gary.

— Salut, Gary. Putain, on dirait un placement pour un repas de mariage. T'es avec qui toi ?

— Personne, je suis célibataire. Non, je suis avec Sonia, Bruno et les autres dev dans la grande salle bleue.

— Et moi, je suis avec qui ?

— Toi, je crois que t'es dans l'*open space* des chefs de projet au deuxième.

— Ah ouais. Et Marina ? Ah merde ! Elle est au premier avec les managers.

— C'est n'importe quoi cette réorg.

— Ouais, la troisième en un an.

— La dernière, elle a servi à quoi au fait ?

— Je ne sais pas, faudrait demander ça à Daniel.

Jérôme remonte voir son placement exact. Putain, il a un poste dans l'angle et dans le passage à la vue de tous les regards. Il ne peut pas laisser passer ça sans en parler à Françoise, la DRH.

— Attends, Françoise, ça ne va pas ma nouvelle place, mon PC est de travers en diagonale.

— Écoute, Jérôme, on verra. Si on commence à traiter les réclamations de chacun, on n'est pas rendus.

— Oui mais là, quand même, je ne vais pas pouvoir bosser dans ces conditions.

— Tu t'y feras. Ça va te faire du bien de voir de nouvelles têtes.

Pas facile de critiquer les objectifs du déménagement. Qui oserait refuser un brin de fraîcheur dans l'*open space* ? Jérôme se console en tchatant avec son ancienne camarade.

> Jérôme dit :
> Salut miss je me sens tout coincé avec mes nouveaux coloc.
> Marina dit :
> Oui moi idem et ils font une gueule d'enterrement.
> Jérôme dit :
> Je n'ose pas péter sinon ils me sortent les couteaux.
> Marina dit :
> Oui moi si j'ai un coup de fil perso je sors direct.
> Jérôme dit :
> Ça c'est mieux t'étais tout le temps au tél. ;) Non. On était bien tous les quatre.
> Marina dit :
> Oui moi ça me motivait pour venir au taf.

Le management par le déménagement : recette moderne où on teste encore la résistance au changement des jeunes cadres comme dans un labo panoptique.

Un cadre qui ne cadre rien

Par définition, un cadre, ça sert à encadrer, non ? Eh bien, plus aujourd'hui. Chez Winconseil où bosse Nathalie, tout le monde est cadre, à part la standardiste. Et ce n'est pas une exception ! Dans le conseil, la com, la finance, le marketing… bref partout, tout le monde est cadre. Résultat, ils n'encadrent plus qu'eux-mêmes. Et encore…

On a confié à Nathalie la gestion d'un projet clés en main (avec un budget et des ressources déterminés). Ses responsabilités : le planning et la mobilisation des ressources.

Mais Nathalie n'est pas la chef des consultants qui tournent sur le projet. Ce n'est pas elle qui leur fait passer les évals et signe les congés. Elle ne dispose d'aucun moyen de pression direct. Ses seuls leviers d'action ? Les exigences du client et l'affectif.

Lundi matin, c'est *speed*. Le client a remonté deux anomalies dans les développements. Nathalie doit mettre Erwan dans la boucle en douceur malgré l'urgence.

Elle a besoin impérativement de son expertise technique un jour par semaine. Mais Erwan intervient sur plusieurs projets en simultané. Celui de Nathalie n'est pas son projet phare, alors il traîne un peu la patte. Chacun ses priorités. Alors, pour essayer de le mobiliser malgré tout, Nathalie fait ami-ami en surface.

— Salut, Erwan ! T'as passé un bon week-end ?

— Oui, j'étais avec mon pote Vincent à une rencontre de jeux en réseau à Trouville. On s'est bien éclatés. Et toi ?

— Moi, j'étais au Festival d'Avignon avec mon chéri.

— Ah, cool ! T'en as bien profité ?

— Oui, oui, excellent. T'aurais un peu de dispo pour bosser sur des remontées client ?

— Faut que je *checke* mes priorités avec Sach, j'ai déjà pas mal de projets sur le feu.

Nathalie dépend du bon vouloir d'Erwan.

La n+1 de Nathalie vient aux nouvelles :

— Ça avance ton projet, on en est où ?

— Ça dépote bien, mais les développements sont légèrement en retard.

— Ils bossent bien, Erwan et Juan ?

— Oui, oui, ça va.

— Je serais toi, je les marquerais à la culotte, mais bon, tu fais comme tu le sens.

Nathalie ne peut pas les balancer car si elle se les met à dos son projet est grillé. Elle revient voir Erwan et utilise la technique indirecte du client :

— Je viens de recevoir un mail du client. Ils nous foutent la pression pour qu'on règle leur problème ASAP. Regarde.

Elle lui montre l'e-mail.

— Ouah ! Ils ont l'air énervés. T'as eu Sach pour que je puisse régler ça ?

Sach est responsable de tous les consultants techniques. C'est lui qui priorise leurs tâches. Nathalie et lui bossent en transversal. Pas de lien hiérarchique entre eux, ils sont au même niveau.

— Non, il est sur messagerie. Écoute, Erwan, je sais que t'es sous l'eau, mais là faut qu'on relivre rapidos, sinon ça va remonter beaucoup plus haut.

— Mes journées font vingt-quatre heures et tout est urgent. Je suis obligé de prioriser mes tâches.

— Tu crois que tu peux me faire ça pour demain matin ?

— Bon, OK, je prends quelques minutes avec toi pour regarder.

— OK, merci. T'es trop cool. Je te couvre par rapport à Sach.

Erwan,
Suite à notre échange, je te confirme que nous avons besoin de ton expertise en urgence pour les corrections des anos[1] sur l'état justificatif de paie. Avec

---

1. Anomalies.

```
comme objectif une relivraison demain en
fin de matinée.
Cordialement,
Nathalie
```

Dès réception de l'e-mail, Sach appelle Nathalie :

— Ouais, Nathalie ! C'est Sach. Je viens d'avoir ton mail. C'est quoi cette histoire ? Tu files du taf à Erwan sans ma validation ?

— Écoute, j'ai dû réagir dans l'urgence.

— Attends, ce n'est pas sérieux. Erwan, je l'avais staffé à 100 % sur le dev d'une évol[1].

— On dirait un marchand de tapis. Mais tu vas devoir lâcher du lest car Jean [leur n+1] appuie ma demande.

« Bon, c'est pas tout mais faut que j'aille *checker* le travail de Juan. Comme c'est le seul expert en SQL[2], il est toujours *overbooké*. Faut que j'arrive à faire passer ma demande dans son planning », se dit Nathalie.

Sans moyen de pression officiel, Nathalie est contrainte de la jouer management à l'affectif. Entre une passionnée de théâtre et un amateur de modélisme, ce n'est pas gagné.

— Sympa, ta maquette d'avion, Juan !

— Oui, t'as vu ? C'est un junkers Ju 52 « white », un appareil de transport allemand de la Seconde Guerre mondiale.

---

1. Évolution.
2. Langage informatique.

— Belle reproduction, en tout cas.

— Ah oui ça ! Regarde un peu cette voilure basse monoplan. Et puis t'as vu sa tourelle ventrale escamotable ?

— Hein ?

Nathalie a décroché.

— Tu ne la trouves pas sympa, la tourelle ?

— Si, si ! Impressionnant ! Et sinon, t'as pu avancer sur tes dev me concernant ?

— Ça devrait être bon.

— OK, je reviens vers toi dans l'aprèm. Là, faut que je repasse voir Erwan pour faire le point avec lui.

Iron Maiden dans son casque, Big Mac et Mac Nuggets à côté du clavier, Erwan joue en réseau à « Doom », un *shoot' em up*, avec Kevin et Nasser et tchate en même temps sur MSN Messenger avec Kevin.

— Je t'ai niqué, bâtard !

— Attends, mon vieux, je vais renaître et te piquer ton arme magique.

— lolll !

« Mauvais timing, se dit Nathalie. Attends, je respire bien fort pour ne pas m'énerver. » Nathalie va prendre l'air aux toilettes. C'est stressant pour elle, elle doit donner un retour au client, mais n'a pas la maîtrise du travail fourni.

Une demi-heure plus tard :

— Ça va, Erwan. Tout se passe bien ?

— Pas de panique, Nath, ça dépote.

Ça se joue au mental. Conserver la maîtrise de soi, ne pas communiquer son stress. Jamais le travail n'aura été aussi dépendant du facteur psychologique. C'est pour ça que les formations en développement personnel pullulent. On comprend le succès des boîtes de coaching en tout genre qui parlent toutes de « libération d'énergie », de « *leadership* responsabilisant » et vous apprennent à être « générateur d'enthousiasme ».

« Tu ne séduis pas assez »

Faire son boulot, c'est bien, mais pas suffisant. Il faut en plus avoir la bonne attitude. Gare à ceux qui ne manifestent pas assez d'enthousiasme, ne progressent pas au bon rythme sur la courbe de maturité ou manquent d'assertivité…

Tous les quinze jours, les consultants de CapCefini se réunissent entre midi et deux dans l'*open space* pour une sandwich-party. Un consultant présente son projet sur PowerPoint et fait part des *best practice* à ses collègues. C'est du travail, mais faut être à l'aise. Faire quelques mondanités *corporate* pour valider son implication. Ça passe par un café avec un *partner* où l'on réussit à glisser quelques remarques pertinentes sur la réussite de son projet.

Camille, plutôt réservée, écoute attentivement la prés[1] et prend des notes dans son coin. Elle semble plus préoccupée par la mayo qui coule de son sandwich que par sa visibilité en interne.

— Ouh, ouh, Camille, t'es avec nous ?

---

1. Présentation.

— Euh… Oui, oui, je suis là. Je pensais à autre chose.

— Mais reste pas dans ton coin. Viens échanger avec nous.

— Oui, j'arrive.

Camille, à vingt-sept ans, est une bonne consultante senior. Le client est satisfait de sa prestation, comme le confirme l'« appraisal[1] » de Jean-Luc, son manager de la performance.

— Côté projet, rien à redire, on est contents de toi.

— Ah, OK.

— Ta progression dans la courbe de maturité est bonne. T'en es à 72 %, tu es dans le cône.

Juste un petit aparté didactique pour que tout le monde soit en phase. La courbe de maturité, c'est un graphique avec le temps en ordonnée et la maturité en abscisse. Comme pour la courbe poids-taille du carnet de santé d'un enfant, chez CapCefini, on contrôle que le consultant est bien dans la norme. Au bout de tant de temps, faut avoir tel pourcentage de maturité. Si on est dans les clous, on est dans le cône. Si on est au-dessus, on est un *fast tracker*[2]. Si on est en dessous, on vire: *Up or out !*

Ça ne se fait pas de divulguer aux autres son pourcentage de maturité. C'est top secret, comme son salaire, son ADN.

---

1. Évaluation.
2. Haut potentiel.

Bon, on range notre *paper-board* et on revient à l'entretien entre notre chère Camille et Jean-Luc.

— Je me situe comment par rapport aux autres ?

— C'est pas mal, t'es dans les clous pour une consultante senior. T'as du potentiel et je suis convaincu que tu peux aller beaucoup plus haut.

— C'est-à-dire ?

— Pour passer manager, il faut que tu grandisses, que tu prennes plus confiance en toi.

— Mais ça doit se manifester comment ?

— Tu ne séduis pas assez. Faudrait que tu t'affirmes plus.

— Mais je suis plutôt de nature réservée, et ça se passe très bien avec les clients.

— Attends, Camille, je ne te demande pas de te métamorphoser.

Sur son bulletin de notes de l'évaluation, Jean-Luc ajoute dans la partie « Savoir-être » – Attitude et comportements, le commentaire suivant :

Camille fait preuve de motivation : elle est consciencieuse dans la réalisation des tâches quotidiennes et a le souci du service au client.

Néanmoins, il serait bien qu'elle montre son dynamisme et son enthousiasme. Elle doit être davantage avenante vis-à-vis des clients.

Axes d'amélioration :

Communication : Camille doit privilégier une communication orale ou face to face *plutôt que par e-mail (au moins dans un premier temps) pour favoriser un échange constructif.*

— Davantage avenante vis-à-vis des clients ? Je ne vois pas le rapport avec ma prestation.

— Reste zen, je te dis ça pour ton bien, pour que tu progresses.

— On dirait que tu n'es pas content de mon boulot ?

— Non au contraire, je ne te dirais pas tout ça si on ne misait pas sur toi.

— Ah ! OK, si ça peut me permettre de m'améliorer, alors, c'est que du bonus. On a toujours à apprendre de toute façon.

— Voilààà ! J'aime quand t'es constructive comme ça. Pour t'aider dans ta progression, on va te monter un plan de formation personnalisé.

— Un plan axé sur quoi ?

— J'en ai parlé avec ton parrain[1], ça serait bien que tu suives une formation d'assertivité[2].

Mais au lieu de vivre ça comme une « opportunité pour grandir », Camille perd confiance. « Tu ne séduis pas assez », « être davantage avenante », c'est dur à entendre. Grosse remise en cause personnelle.

Camille reçoit un e-mail le lendemain pour confirmer sa formation :

---

1. Ce n'est pas Al Pacino. C'est un salarié plus expérimenté qui vous accompagne de façon personnalisée. Il peut être très gentil, mais n'a par exemple aucun pouvoir sur le salaire.

2. Affirmation de soi.

```
Camille,
Dans le cadre de ton plan de développe-
ment 2007 sur la partie Attitude et
comportement, nous te proposons de par-
ticiper à la formation « VALORISER VOTRE
PROPRE COMMUNICATION ET VOTRE PROPRE IMAGE ».
Tu trouveras ci-joint la description et
le programme de ta formation.
Cordialement,
Karine
Assistante RH
```

Elle ouvre la pièce jointe. Il s'agit bien d'une forma-tion dédiée à l'efficacité professionnelle et au dévelop-pement personnel avec pour sous-titre : « Optimisez votre présence, décuplez votre impact personnel. » On dirait une psychothérapie. Elle regarde le programme :

« Analysez votre impact auprès de votre entou-rage.
Soyez gagnant dans la joute verbale ! [...]
Restez simple : prenez et respectez votre territoire.
[...]
Analysez votre image
La première impression : gagnant ou perdant.
Détectez la façon dont vous êtes perçu. [...]
Repérez les comportements inefficaces.
Utilisez votre pouvoir de conviction et de séduc-tion.
La séduction est une occasion de développement

personnel que vous devez saisir. [...] Nous tra-
vaillons avec vous votre propre image à travers
une expérience inoubliable et incontournable. [...]
Valorisez vos atouts personnels. [...] »

Un mois plus tard, première séance de formation.
Camille se retrouve en cercle avec huit autres personnes. La séance démarre par un tour de table,
comme aux Alcooliques Anonymes.

— Moi, j'ai un problème relationnel avec ma mana-
geuse. Je sais qu'il faut que je m'améliore sur ce point.

— Moi, mon trait de caractère principal, c'est d'être
réservée, souligne Camille.

Ensuite, les stagiaires de la formation doivent
rejouer une scène vécue en entreprise en essayant de
corriger leur attitude. La formatrice donne des conseils
à Camille pour paraître plus enjouée.

— Attention ! Je ne suis pas là pour changer votre
caractère, mais juste pour révéler la personne que vous
êtes. La vraie « vous ».

Fin de matinée dédiée à la relaxation. Chacun masse
son voisin de gauche, puis détente avec un jeu de balles
multicolores. « Lorsque vous voulez dire quelque
chose de gentil, lancez une balle bleue. Une balle rouge
pour exprimer quelque chose de méchant. Lorsque je
crie "Stop !", vous me dites à qui vous avez envoyé la
dernière balle et avec quel sentiment. »

Concrètement, Camille en a tiré quelques « méthodes
pratiques applicables à son quotidien professionnel »
pour paraître un peu plus à l'aise. Elle va plus souvent à

la machine à café pour sociabiliser, mais manque de naturel. La nouvelle Camille, prête à chanter *I Feel Good* au milieu de l'*open space*, n'est pas encore dans les bacs.

Dans *Matrix*, Neo télécharge des « Code d'aptitude » directement dans son cerveau et c'est réglé. Dans la « vraie vie », n'en déplaise à CapCefini, le manque de confiance en soi se modifie pas en une formation-éclair. Il s'agit de la personnalité, de l'être profond de Camille.

C'est rageant car les boîtes misent toujours sur les mêmes profils. Dans le conseil, le genre à l'aise mais pas grande gueule. Dans la pub, le décalé alternant vannes et coups de gueule. Dans la com, le « pro » toujours « charrette ». Dans le marketing, l'enjoué malgré le stress…

Affirmez-vous… pour mieux rentrer dans le moule.

Fesse book

Les cadres doivent se montrer, émerger de la masse, exister dans les réseaux, virtuels surtout. Il faut constamment performer (*to perform* : « jouer un rôle sur scène ») pour montrer qu'on est là, qu'on est actifs à tous les réseaux, famille, amis, collègues, car tout est mélangé. Mettre son CV vidéo sur Youtube, parler de ses réalisations dans son blog, retrouver ses anciens collègues sur Linked'in, se faire face sur Facebook. Montrer qu'on existe, qu'on est actif, à tous ses réseaux famille, amis, collègues, car tout est mélangé, vous le savez. Les cadres se font face sur Facebook.

Du calme. Pas besoin de devenir la grosse star de Facebook. Juste se fabriquer un personnage avec qui on a envie de travailler. Pour ça, Karine gère son image au quotidien. Les sociologues américains appellent ça l'*impression management*. Sur Facebook, c'est se fabriquer une image qui plaise à son boss, à son cousin et à son copain.

Mais « on ne peut pas plaire à tout le monde » ! Bah si, il le faut !

Karine bosse chez Foulsex. Aujourd'hui, c'est la mise en ligne du nouveau site Internet d'Arrêteva. Elle change l'en-tête de son module tchat et met : « *Today is a big day* » pour bien avertir la terre entière qu'elle va être très occupée.

Pas trop le temps ce matin d'entretenir son profil Facebook. Il faut qu'elle attaque direct sa *todo list*[1]. Priorité *number one* : le « *Header* Claire[2] ». « Ah oui ! Faut refaire le bandeau. Bon, ça, c'est fait ! » Elle enchaîne avec les priorités 2, 3, 4. « Vu que j'ai bouclé mes points plus vite que prévu, je peux en profiter pour alimenter mon profil Facebook », se dit-elle.

« Je vais commencer par updater mon statut. » Le statut indique ce que vous êtes en train de faire. Il faut remplir le champ : « Que faites-vous en ce moment ? » Karine joue le jeu.

Cela donne ça :

Karine Picord	*Is* au pied du mur et profite de cette vision murale
Dernière mise à jour :	Jeudi
Nationalité(s) :	Franco-américaine
Sexe :	Féminin

---

1. Liste de tâches à effectuer.
2. Refaire faire le bandeau du haut de la page Internet par la graphiste qui s'appelle Claire.

Intéressé(e) par :	Hommes
Situation Amoureuse :	Célibataire
Attentes :	Peu importe
Né(e) à :	Nantes
Opinions politiques :	*Moderate*
Religion :	Déiste

Tous les autres amis, camarades de promo, collègues de boulot, cousins, veaux, vaches reçoivent une notification de ce changement et apprennent en temps réel que Karine est sous l'eau et qu'elle a de l'humour. En consultant l'historique de son statut, on peut traquer miss Karine, jour par jour, heure par heure, voir quels sont ses nouveaux contacts, quels groupes elle rejoint…

Mais c'est elle-même qui s'est exposée volontairement alors…

Karine dans les transports. Dur pour le dos.
18 h 51
Karine@neuilly, dos en vrac :/ dur dur.
11 h 24
Karine est dans le train. Dos en vrac, ça va être chaud.
07 h 03

31 mai
Karine est en week-end.
08 h 42
30 mai
Karine ready to work@home.
07 h 59
29 mai
Karine *on the way back to home.*
18 h 49
Karine j'sais pas si ça va…
10 h 13
Karine c'est reparti.

Facebook étend le panoptique de l'*open space* à tout le monde. Tout se mélange, tout est visible, tout est notifié par tous, 24 heures sur 24. Tu changes ta photo, tout le monde le sait. Tu pars en vacances, tout le monde l'apprend. Le pire, c'est d'être oublié.

Karine consacre pas mal de temps à la gestion de ses amis. Elle les « met au boulot ». « Une notification. Génial ! Éric D. m'a envoyé une *friend request*. Il est directeur de créa chez Queen tout de même. Ce n'est pas la classe internationale, ça ? »

Bonne nouvelle effectivement. Ça va rejaillir sur son CV Facebook d'avoir dans ses amis un mec réputé dans le milieu de la com. Côté drague, ça vous rend plus désirable d'avoir de beaux amis sur votre profil. Côté boulot, ça vous rend plus compétent de compter des amis bien introduits.

Karine consulte le profil d'Éric. « Comme il se la

joue beau gosse sur ses photos du Maroc ! Déguisé en Touareg, avec sa djellaba, lunettes de soleil stylées, avec les deux petits Marocains authentiques derrière. N'empêche que ça le fait. »

« Ah ! Véronique aussi m'a demandée en amie. J'ignore ! Elle est DRH, je n'ai pas envie qu'elle voie tout de ma vie. »

Engranger des « amis », avoir un carnet d'adresses conséquent, sur Facebook, on existe en fonction de sa force de frappe relationnelle.

Elle fait un petit tour rapide des profils de ses amis. Chaque détail est révélateur. Nathalie et Clémence sont quasi les seules parmi ses deux cent cinquante-trois amis qui mettent le nom de la boîte où elles bossent. L'une est juriste chez Univers-sale Muzic et l'autre journaliste chez Libbe.fr, c'est vrai que ça fait glamour, plus que CapCefini ou Bazard & Gérard.

Laurent souffre d'un sacré déficit en humour. Pour gommer sa réput de bonnet de nuit, il anime son statut pour compenser : « Laurent is at ouerk », « Laurent a le cerveau en purée ». Laurent se fait surtout chier depuis trois ans chez Justacompta.

La vraie rebelle ? Élodie, qui se demande « *if real life isn't to be a bar tenant on a beach somewhere in Thailand*[1] ». C'est sûr qu'après quatre ans de chef de produit chez Univedelair, ça donne envie de partir *into the wild*.

---

1. « Si la vraie vie n'est pas de posséder un bar quelque part sur une plage en Thaïlande. »

Avoir l'air cool sans paraître déjanté. Être présent sans paraître accro. Être travailleur sans paraître polar. Tout est dans le dosage. Les rébellions sur Facebook sont des farces potaches ou du second degré propret, les envies de « foutre en l'air le système » toujours très soft, comme sur Fun Radio : « Je voudrais pousser un coup de gueule contre les projets mal gérés. » Je milite en cliquant sur « Halte à l'emballagite ! ». C'est un jeu.

Karine devance systématiquement le regard des autres avec ses photos de vacances. Elle est partie au Brésil. À Copacabana ! *Brasil tropical ! E bonito por natureza.* Les photos sont tellement marquées du sceau du bonheur qu'on a l'impression qu'elles ont été prises pour Facebook.

Karine se soumet au bronzotest et au contrôle de bien-être, de la ligne, et du bonheur de ses réseaux. Contrôle technique validé par les commentaires des collègues en dessous des photos :

Éric dit :
Salut Karinette !
Alors ?! C'était comment ? T'as kiffé ta race ???
Je boirais bien un godet avec toi tant que t encore
un peu bronzée, héhéhé.
Clothilde dit :
Ah comment je suis trop jalouse !!!
C'est magnifique !

Elle continue à se balader sur les photos dans la rubrique « Photos de moi » : des photos d'elle diffusées sur Facebook par ses amis. À chaque fois, elle ne résiste pas à cette tentation narcissique.

Horreur ! Elle voit qu'Éric l'a tagguée sur une photo d'elle prise à sa soirée dans une pose suggestive genre « j'ai faim » avec comme légende « Femelle en chaleur ».

« Pas drôle, ça ! » Elle appelle direct Éric :

— Hé ! Éric, tu m'enlèves tout de suite cette légende.

— Bah pourquoi ?

— Mon profil peut être consulté par des chasseurs de têtes. Tu veux me griller en me faisant passer pour la salope de service ?

— Ah non, t'inquiète, je l'ai mis en accès restreint.

— Tu l'enlèves, c'est trop la honte, tous tes potes peuvent le voir.

Karine tente de gérer comme elle peut ce qui lui échappe, mais parfois, c'est elle-même qui se dévoile. Difficile de résister car tout est ludique sur Facebook. Elle reçoit plein de vidéos, photos et autres quiz, des jeux qui incitent à se révéler. Quels sont tes films préférés ? Quel fruit es-tu ? Ta couleur ? Un peu comme un *tamagoshi*, pour être visible sur Facebook, il faut entretenir et nourrir son profil et répondre à certains de ces tests.

Je suis verte, je suis une pastèque, un conifère, et mon cerveau est à droite. Mon artiste préféré ? Mon film culte ? Amy Winehouse. *Sur la route de Madison*. Vous voyez qui je suis ? Une fille drôle, équilibrée et intelligente aimant la fête, le plaisir. Ni pétasse ni frigide car mon cocktail préféré est le mojito. J'aime le blues, le reggae, la rumba, le tchatchatchaaaaah !

Narcisse ! Suis-je la plus populaire, la plus *hot*, la plus sexy ? Envoie-moi des fleurs, *kiss*-moi, *poke*-moi bien fort ! Oh oui ! C'est bon. Je viens !

Plus le monde est ressenti comme intrusif, et plus nous réagissons par un dévoilement préventif. Plus ce renoncement à l'intimité se propage, plus la surveillance réciproque générale progresse.

Comme dit Desproges : « Je cache ma pudeur... en montrant ma bite ! »

CrackBerry

Isabelle est une valeur montante chez Oseaudeau.
com, une agence de voyages en ligne. À trente piges,
on lui a confié le management d'un projet stratégique
de refonte du système de facturation. Un projet international, car les développements sont effectués aux
États-Unis et en Russie par des Indiens. Isabelle n'a
pas le droit à l'erreur. En cas de non-respect des *deadlines*, Oseaudeau ne pourra plus vendre de vols char-
ters.

Sur ce projet Peoplehard, Isabelle met tout le
monde en relation, coordonne et fait vivre le planning.
Mike, un grand routard américain de Peoplehard,
moustachu, sympa et jamais fatigué, fait la navette
entre San Francisco (– 9 heures) et Saint-Pétersbourg
(+ 2 heures). Isabelle doit faire l'interface à terre avec
le Texan. Seule manière de suivre Mike, partout et en
temps réel : le BlackBerry.

Un blackbekoi ? Ce n'est pas une mûre, mais un
téléphone-agenda-ordi électronique qui permet de
consulter ses e-mails, de téléphoner, d'envoyer des

messages et de surfer sur Internet. Le serveur d'Oseau-
deau.com « pousse » tous les e-mails d'Isabelle directement sur son BlackBerry. Plus besoin de bureau pour
elle. Son bureau, c'est son BlackBerry.

6 h 30, le réveil sonne. Premier geste, elle allume
son BlackBerry. Pendant que le lait chauffe, Isabelle
checke ses e-mails de la nuit.

Un petit bisou à son copain Marc. Et direction la
station Edgar-Quinet, pour prendre la ligne 13. « Ça
pue la transpiration. Les mecs ne se lavent pas ou
quoi ? » Petit bip de son BlackBerry. « Putain c'est
Mike ! Les résultats des derniers tests ! La rame est
encore bondée, impossible de lire mon mail. Je vais
essayer de choper un siège à Montparnasse. La vieille a
l'air de vouloir descendre. »

Matinée consacrée à un point d'équipe, pour que
tout le monde soit en phase sur l'avancée des développements à San Francisco et à Saint-Pétersbourg.
13 heures, Isabelle a rendez-vous avec sa grande copine
Virginie à un jap sur le parvis de la Défense.

— Salut, Virginie. Si ça ne te dérange pas, on commande direct car j'ai quarante-cinq minutes chrono.

Isabelle pose son BlackBerry devant elle.

— Tu prends quoi ?

— Des sushis, comme d'hab.

— Merde, je pensais que t'aurais un peu plus de
temps. Je voulais te parler de mes problèmes avec
Thierry.

— Désolée, mais aujourd'hui je suis speed. Mais
qu'est-ce qui vous arrive ?

— Ça va plus du tout entre nous. On est en train de se séparer.

— Ah bon ? Tout à coup comme ça ?

— Pas tout à coup, ça fait longtemps qu'on se prend la tête. Mais je ne veux pas t'embêter avec mes histoires.

— Mais non, tu ne m'embêtes pas.

— OK, alors tu ne pourrais pas arrêter de checker tes messages toutes les trente secondes ? C'est trop énervant, on a l'impression que t'es ailleurs.

— Mais attends, t'exagères. Depuis le début du repas, je n'ai fait que t'écouter.

— J'ai l'impression de déjeuner avec tes collègues et ton stress sur la table.

— Attends, ne me compare pas à ces sans-gêne qui décrochent leur portable en pleine conversation. Bon, excuse-moi, mais faut que j'aille aux toilettes.

Bien calée sur la cuvette, Isabelle répond à un e-mail à 13 h 16. Trop cool, elle peut pisser et échanger avec San Francisco en même temps !

— Ben, t'en as mis du temps...

— Désolée, j'en suis au troisième jour.

Isabelle déboule en retard au Copil[1], lance un « Excusez-moi » franc et direct et pose son BlackBerry à côté de celui de Luc. Pendant toute la réunion, elle mate son agenda du coin de l'œil. Plusieurs fois, elle répond à des e-mails. Ça agace Fabien, qui manque de lui dire d'aller pianoter ailleurs.

---

1. Comité de pilotage.

Elle quitte le boulot à 19 heures et court attraper le métro pour retrouver son copain au ciné à la séance de 20 heures. Dès la sortie du cinéma, elle rallume son BlackBerry, à côté de ceux qui s'allument une clope. Deux heures de déconnexion, c'est énorme.

— Alors, t'as aimé ?

— Deux secondes.

— Ah, non, là, désolé, mais tu éteins ce truc. (Il veut discuter du film.) On va prendre un verre.

— OK, désolée. Tu as raison. Laisse-moi juste voir si Mike a checké les derniers dév à San Francisco et promis ! je l'éteins.

« RAS ! Putain, qu'est-ce qui se passe là-bas ? Toujours pas de précisions sur les développements d'état », pense-t-elle. Elle met son appareil en mode veille.

— Il se passe quelque chose avec ce mec, ou quoi ? lui dit son copain.

Le soir, avant de se coucher, c'est le rite de Zizou : jambe gauche, jambe droite et une gorgée de Volvic. Elle checke ses e-mails, met son BlackBerry sur veille, le pose sur sa table de nuit et éteint la lumière. Sa lumière verte veille sur elle. Toujours.

Elle regarde son copain qui s'est endormi direct. Normal, il est instit. Gérer vingt-huit gamins de 3-4 ans, c'est épuisant. Lovée autour de lui, elle pense à Mike qui est à San Francisco. « On est à deux mois du Go Live[1] ! Et toujours pas de précisions sur les déve-

1. Démarrage du projet.

loppements des états. » Dix minutes plus tard, son BlackBerry vibre ; ça y est, le monde revient à elle !

```
Tests OK. Need your validation ASAP... See
u
Mike
```

Réponse du tac au tac :

```
Mike,
Nous te donnons la validation côté MOA.
Cdt,
Isa
```

Le clic clic sur le clavier réveille Marc dans son premier sommeil :

— Mais qu'est-ce que tu fous en pleine nuit avec ton truc ?

— Rien, je répondais juste au mail d'un collègue.

— Putain, mais tu ne vois pas que tu m'as réveillé avec ton clic clic à la con ?

— Excuse-moi ! J'ai fait doucement. On a du retard sur mon projet.

— Ça ne peut pas attendre demain matin ? Coupe-le, ton truc, bordel !

— Je l'avais coupé, mais comme j'avais du mal à m'endormir, je l'ai rallumé.

— Je commence à en avoir marre. Tu penses qu'au boulot et tu ne respectes même pas mon sommeil. Je suis crevé, moi, en ce moment, tu le comprends, ça ?

— Attends ! C'est mon outil de travail, c'est important.

— On dirait une droguée. Tu l'éteins ou je le balance par la fenêtre. J'ai envie de dormir, merde.

— Ça va, ça va, je le coupe, t'énerve pas.

Il paraît que les BlackBerry ont provoqué de nombreux divorces. Il paraît…

Deux semaines après, Isabelle a son pouce qui la titille. Elle en parle au médecin du travail lors de sa visite médicale annuelle :

— J'ai mal aux doigts, surtout au pouce.

— Vous l'utilisez beaucoup, votre machine ?

— Oui, pas mal.

— Vous êtes peut-être atteinte du syndrome du « pouce BlackBerry » ?

— C'est quoi, ça ?

— À force de tapoter sur le minuscule clavier de votre machine, ça vous fait une tendinite au pouce.

— Non, c'est trop gros ! Ça doit être autre chose !

— Non, je vous assure, ce n'est pas de la blague. Lors de mes visites, je constate une explosion des troubles physiques liés au BlackBerry.

— Et alors, qu'est-ce que je peux faire ?

— Pour atténuer la tendinite, des massages réguliers aux mains. Mais le mieux serait de limiter l'utilisation de votre appareil.

— Impossible, c'est vital pour mon boulot.

— Vous pouvez peut-être vous obliger à le couper chez vous. J'ai lu un article qui expliquait que les hôtels proposent à leurs clients des coffres pour isoler leur BlackBerry la nuit.

— Faudrait que je rompe avec mon BlackBerry…

Vous l'avez compris, Isabelle fait partie des « crack-berries », ces personnes accros aux vibrations des e-mails, comme ces drogués de l'info plantés devant LCI à mater le tsunami en boucle.

Bref, on peut avoir un BlackBerry… si on sait l'éteindre.

Coucher au bureau

Boulot ? Perso ? Tout se mélange. La nouvelle fron-
tière ? C'est qu'il n'y en a plus. Avec le BlackBerry, le
boulot empiète sur l'intimité. Mais la vraie révolution,
c'est l'inverse. Les jeunes cadres apportent leur vie
privée au taf. Et tout le monde y trouve son compte ?

Anna, chef de projet junior chez Business Hyperactif, bosse chez elle le week-end et cherche un
appart au bureau la semaine.
— Mais oui, maman. Si je te dis qu'il est fonction-
nel comme appart...
— Je te fais confiance, ma chérie.
— Tu peux me faxer les papiers pour la caution,
s'il te plaît ? Attends, je te donne le numéro d'ici.
Tout l'*open space* entend Anna parler avec
«maman». Dix ans avant, son boss serait venu lui
dire : «Eh oh, doucement avec les appels perso ! » Et
elle aurait arrêté sur-le-champ. Aujourd'hui, cela ne
choque personne. Jérôme, assis à trois mètres d'elle,
participe à sa recherche :
— T'as regardé sur Seloger.com ?

En fin d'après-midi, Anna rassemble ses notes de frais et classe ses feuilles de sécu. C'est dans les mœurs. Qui ne prépare pas sa soirée ou ses prochaines vacances au bureau ? De toute façon, Anna ne peut pas faire autrement avec les journées à rallonge. BH[1] compose avec cette « Net generation », qui souhaite réussir vie pro et vie privée. Bosser doit donc avoir l'air fun.

Alors, autant que ce soit organisé. Pour que les cadres pioupiou (moyenne d'âge vingt-huit ans) se sentent bien, des croissants sont livrés à la K-fête tous les matins. L'opération est relayée par les magazines de management qui attirent les jeunes diplômés. Les « + » de BH : les croissants. Les « – » : les horaires… Les salariés savent que c'est pour l'image et préféreraient avoir des primes… mais ils les bouffent ces croissants. Les lève-tôt en chopent même deux. Anna n'arrive qu'à 9 h 30, l'heure des miettes. Une réput de boîte conviviale pour une poignée de viennoiseries. Bien joué, Business Hyperactif !

Pour le mondial de foot, un téléviseur a été installé dans la grande salle de réunion et une rubrique pronostics a été créée sur l'Intranet de la boîte. Le fun est régenté.

— Faut prendre du plaisir, dit Marc H., le président de BH.

On en oublierait presque qu'on travaille. Tout est étudié pour entretenir le flou entre le perso et le pro,

---

1. Business Hyperactif.

entre détente et travail. Entre midi et deux, une masseuse venait détendre les omoplates des chefs de projet sous stimuli nerveux. Cette prestation a été arrêtée par restriction budgétaire. Heureusement, les salariés peuvent toujours se détendre en jouant au baby-foot à la K-fête.

Mais attention, on n'est pas au Club Med. Ces aménagements sont là pour améliorer les performances des collaborateurs. On veut que le salarié se sente bien au bureau malgré la pression.

Anna est à l'aise sur le canapé rouge de l'espace lounge style *cosy tech*. En fin de journée, elle y retrouve sa copine Agnès.

— T'as invité qui de la boîte à ton mariage ?

— Que les CP[1]. Et Éric qui m'a cooptée.

— Ah bon. Moi, si je me mariais, y aurait beaucoup plus de *people*.

— C'est sûr, toi, tu vas te marier avec un mec du taf.

Coup de fil. Anna répond.

— Allô. Oui. Clément ? OK, non, là, je suis en réunion. D'accord. À plus.

— C'était qui ?

— Clément, le nouveau DA[2].

— Tu vois ! J'avais raison. Encore un collègue qui te dragouille.

---

1. Chefs de projet.
2. Directeur artistique.

— Mais arrête avec ça ! Et Clément, c'est pas du tout mon style.

Le soir, Anna reste pour une mise en ligne. Grosse nocturne en perspective avec toute l'équipe technique. Anna anticipe et passe la commande :

— Pepperoni, margarita, Coca, ça vous va ?

Minuit passé, l'équipe d'Anna est toujours là. Gobelets de rosé et morceaux de pizza sur les coins de table, les dév effectuent les dernières corrections. C'est long, mais sympa.

Anna est crevée, mais aime bien ces défis nocturnes qui donnent un côté équipée sauvage du Web. On en chie, mais on rigole aussi.

Alexis, un ancien collègue et néanmoins ami, se connecte de chez lui sur MSN et tope Anna connectée à 0 h 15 AM !

Nenex dit :
Encore au bureau à cette heure-là !
Nenex dit :
Ça t'arrive de décrocher ?
Anna dit :
Oh please !
Nenex dit :
Je vous prends vraiment pour des animaux de zoo.
Je préférerais travailler comme vendeur que de passer autant de temps au bureau
à courir stresser sans bouffer ni dormir.
Nenex dit :
Je t'assure c pas méchant.

c juste un sujet de fascination.

j'ai jamais réussi à comprendre.

Nenex dit :

je dois être paresseux.

Anna dit :

but i get free sushi dinners everynight !

Nenex dit :

oui mais manger des sushis au bureau pour moi c inhumain.

Nenex dit :

c le progrès on te laisse dans ta cellule au bureau à en chier derrière un petit écran.

Nenex dit :

bientôt on va te faire manger pendant que tu tapes un PowerPoint.

Nenex dit :

un mec va te faire un cunnilingus pendant que tu rédiges un e-mail pour que tu aies ta dose de sexe.

Nenex dit :

sans perdre ta productivité.

Anna dit :

stop !!!!!!!

Nenex dit :

;-)

Nenex dit :

am i right ?

Anna dit :

a little.

Anna dit :

well a lot.

Nenex dit :
vous pouvez aussi faire votre linge.
Nenex dit :
ils avaient fait cela chez Accenture les laundry et les
crèches.
Anna dit :
that would be a plus.
Nenex dit :
I know.
Nenex dit :
tout faire venir sur le travail.
Nenex dit :
tu devrais avoir un lit dans ton bureau comme les
ouvriers.
Nenex dit :
quand ils sont sur le chantier.
Anna dit :
that would be easier.
Nenex dit :
pas étonnant qu'il y ait bcp de couples intra bureau.
Anna dit :
not for me - but maybe that is next.
Nenex dit :
peut-être qu'ils devraient installer des chiottes sous
ton fauteuil.
Nenex dit :
ça éviterait des allers-retours.

Quinze jours plus tard, Anna annonce à Alexis, alias
Nenex, qu'elle sort avec Clément, le nouveau DA.

Home sweet home! C'est sympa de se retrouver chez soi… enfin, pardon, au bureau ! Une agence de pub a poussé le concept «fais comme chez toi» jusqu'au bout. Leurs bureaux ressemblent à une maison et s'ouvrent sur un séjour où trône un grand bar chromé à l'ancienne. «C'est notre lieu de vie, annonce la P-DG de l'agence. C'est surtout l'endroit où l'on se retrouve pour discuter, échanger, se détendre. Les relations sont devenues plus complices, plus familiales. Peut-être parce que le café coule à flots comme à la maison.»

Et en cas de licenciement, on se retrouve sans famille et sans domicile ?

Positive attitude

Vive la dictature du bonheur ! Un impératif : s'écla-
ter dans son boulot. Un interdit : se plaindre… au
risque de passer pour un révolutionnaire. « On n'est
pas des fonctionnaires ! » Non, nous sommes des
jeunes cadres dynamiques jugés sur leur capacité à
s'adapter, avec le sourire, au changement « permanent
et inéluctable ».

Michel a été recruté par Actis Consultants.
À peine arrivé, le staffing manager l'envoie chez
Elle-C-Faire. « Ça te fera une expérience sur un projet
porteur chez un client leader dans son secteur, lui sort
Sammy, son manager. Je suis sûr que tu sauras te
dépasser sur ce projet. » Son commercial l'a survendu
en tant qu'expert RH. Résultat, à seulement vingt-sept
ans, et très peu d'expérience, il doit avoir réponse à
tout face à des décideurs expérimentés du service
clientèle de Elle-C-Faire.
Michel fait face comme il faut mais avec un bon
gros stress pour un boulot intensif où il doit tout

assumer, assimiler en très peu de temps. Mais il s'en sort. Le *challenge* est là ; il y était préparé.

Le vrai stress pour Michel est surtout dû à l'incertitude, à l'impossibilité de se projeter. Actis signe des missions renouvelables tous les trois mois avec Elle-C-Faire. C'est le jeu du « stop ou encore ». On le renouvelle ou on l'arrête.

Impossible de se projeter dans ces conditions. Ne serait-ce que sur six mois. Où sera Michel après l'été ? Toujours chez Elle-C-Faire ? En intercontrat[1] ? Sur un autre projet ?

On n'a pas le droit d'être de mauvaise humeur quand il fait beau. Chez les consultants, on n'a pas le droit de se plaindre dans l'incertitude, surtout dans l'incertitude. L'inconfort, l'instabilité font partie du jeu. Un bon consultant doit savoir importer son stress, exporter son enthousiasme et vivre sereinement cette belle aventure pleine de rebondissements et de projets flexibles.

Chez Actis, ça dégouline de positif. Sur l'Intranet, c'est la fête, le trombinoscope est un « souriroscope ». Les documents types finissent toujours par un petit *smiley* ou un « Merci pour votre écoute et à bientôt ».

La réunion trimestrielle d'agence est une grand-messe du positif où Alban, le chef d'agence, au doux

---

1. En intercontrat, le salarié a toujours un contrat avec sa société mais il n'est plus en mission chez le client. On le garde alors en réserve jusqu'à nouvel ordre (nouveau projet, démission ou licenciement).

sourire *corporate*, présente les projets, un par un et ressort toujours des « avancées » et des « possibilités de capitaliser ». Il met en avant les *best practices* et félicite Florent, un consultant remarqué pour son initiative : un « blog de salarié ».

Après la réunion, Michel se connecte sur le blog de Florent ou le journal d'un lèche-cul. Et là c'est mieux que la Pravda. À part les embouteillages, contre lesquels l'auteur se plaint car ils lui font perdre du temps (même s'il optimise ce contretemps par deux coups de fil professionnels clés bien sûr), tout est beau et pro :

• Les conditions de travail idéales : « L'air conditionné, c'est magique. »

• Les dirigeants sympathiques : « Avec Guy, qui supervise plusieurs managers, nous échangeons nos idées et points de vue en toute franchise et simplicité, Guy est quelqu'un de très accessible. »

• Les réunions à venir idylliques : « Nous nous fixons rendez-vous dans quinze jours, vraisemblablement pour une réunion qui permettra à notre client de se forger une opinion définitive et de prendre une décision éclairée. »

Un bonheur n'arrivant jamais seul, ce soir, Michel va pouvoir se changer les idées à la dégustation œnologique sur les cépages du Roussillon organisée par Violaine, une petite consultante débordante d'énergie.

Sammy, le manager de Michel, se la pète :

— Mmh… Une belle robe, plutôt charpenté, avec un léger goût de framboise.

— Moi, je trouve qu'il a plutôt un bon goût de rai-sin, répond Michel.

Blanc général autour de lui. Pas dans l'esprit, Michel.

Au sixième verre de banyuls, Michel se lâche avec son pote Ludo :

— Ludo, t'en as pas marre, toi, de ne pas savoir où tu seras dans trois mois ?

— Vois le côté positif, au moins, on n'est pas ensablés dans la routine.

— Moi, j'en assez de rien pouvoir planifier au-delà de deux mois. Que du court terme, ça me soûle.

— Tu préférerais bosser à la Sécu ?

— Non, mais tu te rends compte, j'ai été en stage jusqu'à vingt-sept ans et, à trente et un, je ne peux pas me projeter. Maintenant, on est considéré comme jeune de plus en plus vieux et comme vieux de plus en plus jeune.

— Attends, au moins, on a un boulot.

— Ouais, mais si je ne suis pas renouvelé dans ma mission, ça risque d'être chaud.

— T'as qu'à « être à l'écoute » des opportunités chez le client.

— Tu sais bien qu'ils ont gelé les recrutements. Ils prennent de plus en plus de prestataires externes comme nous.

— Tu vois, tout de suite, tu poses les contraintes, je ne sais pas si t'es comme ça dans la vie. Ça ne doit pas être facile tous les jours pour ta copine.

Sammy, son manager, écoutait, mine de rien sans

être vu. Les états d'âme, les états d'esprit négatifs, très peu pour lui. Il veut des consultants avec la niaque. Une semaine après, Sammy est direct avec Michel :

— Michel, faut regarder les choses en face. Si tu ne tiens plus le choc, trouve-toi un boulot pépère ! J'ai une pile de CV de jeunes qui en veulent. Tu ferais quoi à ma place ?

— Pourquoi tu dis ça ?

— Tu fais du mauvais esprit en permanence. Chez nous, on veut des impliqués, pas des compliqués.

Réduction du budget sous-traitance côté Elle-C-Faire : le client gèle le projet. Michel se retrouve en intercontrat (sans projet) du jour au lendemain.

Michel téléphone direct à sa copine.

— On m'a sorti du projet Elle-C-Faire.

— Bah, bonne nouvelle. Tu sortiras moins tard et tu passeras plus de temps avec ta fille.

— Oui, mais faut que je me trouve vite un autre projet dans le coin, sinon ils peuvent m'envoyer à l'autre bout de la France.

« Elle a raison », se dit Michel. L'intercontrat, c'est « du temps pour le reste ». Du temps pour changer ses lunettes chez l'ophtalmo, pour aller chercher sa fille le mercredi. Pour le taf aussi, c'est l'opportunité de finir les trucs qu'il n'a jamais le temps de faire : s'informer sur le business, mettre à jour ses compétences…

« Merde ! se dit Michel. La formation sur les SIRH[1]

---

1. Systèmes d'information de gestion des ressources humaines.

est déjà pleine. Hop ! Hop ! Hop ! Pas de négatif, Michel, on se ressaisit. Pas grave, je vais en profiter pour m'autoformer en optimisant la base de données internes. »

Michel essaye de voir le bon côté des choses, mais reste lucide. Être en intercontrat, c'est angoissant et en général pas bien vu en interne.

Il n'arrive pas à s'approprier la positive attitude comme cet illuminé d'Olivier qu'il croise dans l'ascenseur. Olivier ? C'est le gars énervant, toujours enthousiaste, que rien n'effraie. Une panne de réseau ? Il zappe sur son téléphone et ne se plaint pas. Un problème d'espace suite à l'arrivée de trois stagiaires pour renforcer l'effectif de son pôle ? « Ce n'est pas grave, on en installera deux dans mon bureau (14 m² et ils sont déjà deux). Il y a encore largement la place. »

Naïf ou faisant semblant, il ne comprend pas pourquoi tout le monde ne partage pas son enthousiasme. « Vous êtes jeunes (il a trente-cinq ans !), on sera soudés. Et puis on pourra tout échanger. C'est une super aventure ! »

Coincé pour vingt étages avec le loustic, Michel tente de l'éviter en feignant de pianoter des SMS. Mais ça n'arrête pas Olivier.

— T'as l'air angoissé, Michel, avec ton portable…

— Mais non, je termine juste un SMS.

— Si tu veux, je connais une technique pour chasser les idées obsédantes.

— Non, non, c'est bon, ça va très bien.

— Je suis sûr que tu ne connais pas le principe des questions positives et dynamisantes.

— Ah ça non !

— Ce sont des questions orientées vers la recherche d'une solution effective.

— Et alors ?

— Si tu te poses des questions positives, tu intimes l'ordre à ton cerveau de récolter des réponses gagnantes.

— C'est quoi, ça ?

— Les réponses gagnantes te permettent de progresser et de faire progresser ta réflexion de manière constructive.

« C'est dingue, ce type. Il a été shooté au bonheur. Au moindre contrecoup, il va morfler », se dit Michel.

Après deux mois d'intercontrat, Michel est finalement convoqué par Jean-François, son manager.

— Alors, Michel, cela fait deux mois que tu n'es pas staffé ? Comment tu vois les choses ?

— Euh… je ne sais pas, j'aimerais bien être à nouveau chez le client.

— Effectivement, il serait temps, tu sais que tu fais baisser le taux de staffing à 69 %.

— Mais je ne suis pas le seul à ne pas être staffé. Et…

— Enfin, je trouve en tout cas que tu n'es pas très proactif. Tu ne fais pas grand-chose pour te placer. Tu pourrais au moins en profiter pour t'autoformer sur une nouvelle techno.

— Mais j'ai demandé une formation. Virginie m'a

dit que les deux prochaines sessions étaient déjà com-
plètes.

— Sinon, t'as soldé toutes tes journées de RTT ?

— Oui, oui, j'ai même pris les congés qu'il me res-
tait.

— Écoute. Si ta situation ne s'arrange pas, il va falloir que tu prennes tes responsabilités.

En langage positif, ça veut dire : « Dégage ! »

Week-end de dé-motivation

Pour booster ses équipes, rien de mieux qu'un week-end *teambuilding*. Chez Atlas Conseil, un cabinet de conseil à taille humaine, on a choisi le Lubéron en juin.

Il fait chaud, les tenues sont estivales mais soignées, style casual chic. À l'image de Grégory, consultant pôle Finance, en pantalon de toile Gant, polo Ralph Lauren, chaussures bateau Timberland et lunettes Ray-Ban.

Grégory n'est pas enchanté de jouer les prolongations le week-end avec ses collègues, mais la présence est obligatoire. « Je pourrai toujours squatter le buffet aux frais de la princesse. »

Dès la première matinée, il se gave au buffet croissants et déconne avec son pote David.

— T'as vu, David, sur la plaquette d'Instants-2-Fun[1], ils disent que ce week-end est « une opportunité unique de favoriser la cohésion des équipes et de se découvrir sous un jour différent ». T'es peut-être pas mal sous un jour différent, toi ?

---

1. L'agence organisatrice du séminaire.

— Ouais, trop beau gosse. Tu crois qu'il y aura de la meuf ?

— Y aura au moins les animatrices d'Instants-2-Fun.

— En plus, ce soir, c'est *open bar*.

Début du séminaire par un speech de Carole E., la présidente : « Merci à tous d'être venus. Votre présence est d'autant plus importante que chez Atlas Conseil, il n'est de richesse que d'hommes et de femmes. Notre force, c'est vous. »

— Chaque année, on est les meilleurs, chuchote Grégory à David. Ensuite, elle va nous déballer son pipeau sur les valeurs.

— Tu les connais, toi, au moins, nos sept valeurs ? Je te parie un demi que t'es pas foutu de me les citer toutes !

— Si, attends ! « Honnêteté », « Audace », « Confiance », « Plaisir », « Liberté ». Attends, merde, il m'en manque deux.

— Tu me dois une bière, ma caille. T'as zappé « Solidarité » et « Simplicité »…

— Faut dire que la solidarité sur mon projet, je la vois pas trop, c'est plutôt chacun pour sa pomme.

Passage obligé, Carole déroule bien son petit topo sur les valeurs.

« Ces sept valeurs sont fondamentales pour nous. Et vous avez un rôle clé, car c'est vous qui les faites vivre et les mettez en musique au quotidien. »

— Et patati, patata. Tu penses qu'elle y croit, à son baratin ?

— Elle nous amuse avec son patriotisme d'entreprise.

Grégory et David commencent à s'assoupir, mais Carole les fait sursauter. « Ce n'est pas tout ça, mais on est aussi là pour s'amuser, partager des moments de convivialité. *Let's have fun !* »

Tout le monde s'attable dans la joie et la bonne humeur. Amusez-vous, éclatez-vous, on est dans le Sud. Il y a du soleil et des nanas ! Attention au rosé, car ça tape et après ça peut griller une réputation.

Après-midi ludique avec la grande chasse au trésor. Grégory espère être dans la même équipe que David. Pas de bol, il tombe dans l'équipe bleue emmenée par Jean-Marie.

Rien n'est dû au hasard. L'idée du week-end, c'est de mélanger les gens qui ne se côtoient pas habituellement. Avec Jean-Marie, on n'est pas là pour rigoler. Il revient d'un stage de survie dans la forêt de Canterbury. « La victoire, faut aller la chercher ! *Incentive ! Incentive !* Esprit d'équipe ! Allez les gars, on ne lâche rien, OK ? »

« D'abord, répartissons les rôles. Linda tu vas nous montrer tes qualités de chef de projet et prendre en charge la *roadmap*. Delphine, tu te charges de la boussole. Grégory, tu conduis. »

« Et toi tu commandes ? » dit Grégory.

Au point d'étape 4, au milieu des plantations d'oliviers, de chênes verts et de pins, Instants-2-Fun a organisé une course de sacs de pommes de terre. Jean-Marie, quatrième relayeur, pousse Nicolas de l'équipe

verte pour le coiffer sur la ligne. Il est en sueur tellement il est à fond. « Tope là, Grégory ! On est des
winners, nous. On n'est pas des lopettes, hein ! »

« Il ne déconnecte jamais, ce Jean-Marie. Il en
pétera un jour », se dit Grégory.

Le soir, repas avec remise des récompenses.
L'équipe bleue de Grégory n'est que deuxième. Les
gens sont placés et mélangés sans trop se connaître.
L'ambiance retombe. Surtout pour Grégory, qui est à
une table où on ne fait que parler boulot.

Soirée dansante ensuite. Enfin, on peut s'amuser un
peu. Grégory retourne voir David.

— T'as vu, elle est vraiment pas mal, Mélanie.

— Ouais, mais fais gaffe, c'est la chouchou de
Thierry (le staffing manager).

Le fun est de rigueur, donc ça rigole bien, mais faut
rester dans le ton, ne pas oublier qu'on est entre collègues et pas avec ses potes.

Karine le sait bien, mais ne tient pas le rosé. Au
repas du soir, elle est montée sur la table et s'est
déhanchée de façon endiablée au rythme de la samba.
« Ah ! la honte pour le projet », se dit sa n+1.

Le lendemain matin, Grégory et David ont un peu
la tête dans le cul. Ils arrivent en retard à la plénière du
matin sans même avoir eu le temps de petit-déjeuner.

Carole leur lance un « Bonjour Grégory, bonjour
David ! » pour les mettre mal à l'aise. « Messieurs, vous
arrivez juste pour le moment que vous attendez tous :
les Atlas Awards ! Ces trophées sont là pour récom-

penser les consultants qui se sont fortement impliqués sur un projet ou sur une bataille commerciale. Je remettrai à chaque lauréat cette petite figurine et un bon de voyage de 1 000 euros. Allez, c'est parti ! Pour commencer, j'appelle une consultante. Eh oui messieurs. Soyons galants ! Une consultante très active et très appréciée par le client et par ses collègues, j'ai nommé Linda. »

Accolade et bises à la clé. Carole tend le micro à Linda. Tout émue, celle-ci bafouille quelques mots :

— Merci, Caroline. Je tiens à remercier tous les consultants avec qui j'ai travaillé et partagé des moments forts (sifflements dans la salle). Ce n'est pas pour rien qu'on compte dans nos valeurs la solidarité.

— Quel faux-cul, cette Linda ! dit David à Grégory. J'ai bossé avec elle sur le projet Alcasel. Elle est hyper-perso et ramène tout le temps la couverture à elle.

— Sois pas jaloux. Elle travaille bien sa visibilité en interne. C'est tout.

Belle parabole du conseil. On organise des jeux en équipe pour essayer de souder les équipes et tout cela se termine par des récompenses… individuelles. Essayez de chasser le libéralisme le temps d'un week-end, il reviendra au galop, même au fin fond du Lubéron.

Tu me reconnais ?

C'est beau, la flexibilité : on passe de projet en projet, de client en client, de n+1 en n+2. Ça ressemble fort à la liberté, mais cela a un goût amer : à force de changer, plus personne ne vous suit, ne vous connaît, ne vous reconnaît. Or, pour avancer, les jeunes cadres sont comme tout le monde : ils ont besoin d'être entendus, aiguillés, valorisés. Et lorsque le manque de reconnaissance devient trop fort...

Sur le trombinoscope d'Anderstand Consulting, Anne-So, c'est ça :

Anne-So Mouette-Chandon, trente-deux ans, manager EPM[1].
— Marketing stratégique pour Hagen Glas.
— Structuration de leur S&T et carrefour de l'innovation.
— Gestion des compétences pour le Crédit FonChier.

---

1. *Enterprise performance management.*

— E-Business pour Pechinois.

À part EPM, Anne-So aime :

— Les échappées sauvages dans les pays loin-
tains.

— Les grains de folie douce dans la littérature.

— L'escalade et les longues galopades.

Petit 1 : j'aime, petit 2 : j'aime, petit 3 : j'aime.
Anne-So est une manager impliquée qui « met les
mains dans le cambouis ». Ses semaines sont millimé-
trées : Krav Maga[1] deux soirs par semaine, et le reste
du temps, c'est simple : du taf, du taf et encore du taf.
Au sein des EPM où ça bosse dur, elle passe pour un
rouleau compresseur à double disque dur.

Elle est au téléphone avec le client, tchatche sur
Skype avec un développeur basé en Inde et lit un e-
mail de Françoise qui lui demande de faire un point
budgétaire en fin de journée en même temps. Tout se
télescope. Normal, elle est le maillon des deux bouts
de la chaîne. Multimédia, multitâches, multimaniaque.

Son boulot, c'est l'opérationnel, la gestion de projets. Pas le temps de se poser. « Jean, le chef de projet
MOA[2], n'a pas répondu à mon mail de ce matin pour
la validation des specs. Attends, je le relance. Ah !
merde, il est en RTT aujourd'hui. Ça ne peut pas
attendre lundi ? Non, ça urge trop. Tant pis, je lui

---

1. Méthode de *self-defense* israélienne.
2. Maîtrise d'ouvrage appliquée. La MOA définit l'expression
des besoins.

balance un SMS ! *Besoin TTU de ta valid pour les specs fonc. Cdlt. Anneso.* »

Tiens, un appel de Stéphane : « Oui, oui, on est bons là-dessus. [Bip] Attends Stéphane, désolée, je reviens vers toi dans deux minutes, j'ai un double appel de Victor. Il faut que je le prenne. Ne bouge pas ! Allô ? Victor ? Ça va être court ou ça va être long ? OK, je te rappelle dans la foulée. Oui, Stéphane, je suis de nouveau là ! OK, on en parle cet aprèm à la réunion d'équipe. » Bip : Ah c'est Jean qui me renvoie une réponse SMS :

OK pour la valid des specs. À demain. J.

Elle tient le rythme grâce aux vacances. Il y a deux ans, elle a fait le Mexique, l'an dernier la Turquie, et cet été, elle s'est fait un Martiniquais.

Anne-So adore éteindre des feux, c'est son truc. Ce qui la motive, c'est la satisfaction du client, c'est que tout le monde se sente bien. Elle y met de sa personne. Du coup, on se souvient d'elle.

À l'issue du projet Déploiement GCP, elle reçoit un e-mail du directeur de projet côté client :

```
Au nom de toute l'équipe du GIRD, je vous
remercie pour votre implication dans ce
projet et vous félicite pour la qualité
de votre travail, qui a contribué à la
réussite de cette opération.
```

« Je marche à ça, moi ! Des e-mails comme ça, on les imprime et on les encadre. » Mais le plus touchant, ce sont les marques d'attention du client lors de son pot de départ, avec même un petit speech du directeur des services financiers : « Vous allez nous manquer, Anne-So. Des consultantes comme vous, on n'en voit pas tous les jours. » Suit derrière la remise des cadeaux avec une petite carte, où elle peut lire des commentaires du style : « Merci pour les trésors de patience que vous nous avez donnés. »

Gros contraste avec sa hiérarchie à elle. Pas un petit mot, pas un remerciement. « Mon n+1 a dû zapper le mail du client, ce n'est pas possible ! »

Deux années blanches sans augment. À chaque éval, c'est toujours : « Là, on ne peut vraiment pas, mais on se revoit dans six mois. » Cette année, elle attendait une compensation à la hauteur de son investissement. Elle a obtenu un bonus, mais tellement symbolique que c'en est même plutôt vexant.

Anne-So a le sentiment de ne pas exister auprès de la direction. « Y a pas un associé qui pourrait s'intéresser ne serait-ce que deux minutes à mon boulot sur le projet Pechinois. Je ne demande pas la lune. Juste un minimum de considération. »

Confiante dans la qualité de son travail, Anne-So n'a pas communiqué dessus. Charles-Henri, son évaluateur, n'a aucune visibilité sur elle. Il ne trouve rien d'autre à lui dire que ça :

— Je note une légère baisse de ton chiffre d'affaires cette année sur Pechinois.

« Normal, ils ont réduit leur budget prestataire et n'ont pas de nouveau besoin. Je n'y peux rien à ça !

Et Charles-Henri, il n'y a que ça qui l'intéresse. Dans ces conditions, pourquoi je me tuerais au boulot ? Ils ne voient pas tout ce que j'abats ! Si je n'arrête pas un moment, je ne serai plus crédible », se dit Anne-So.

Le lendemain, Anne-So échange en *one to one* avec Charles-Henri :

— Je voulais revenir sur notre entretien de jeudi.

— Sur quoi ?

— Je le retourne dans tous les sens, mais je ne comprends pas mon bonus.

— Je suis aux taquets, là, mais je reviens vers toi dès que possible.

Il « revient vers elle » par e-mail.

```
Chère Anne-Sophie,
Pour faire suite à notre entretien de
jeudi et dans le cadre de tes responsabi-
lités, tu sembles déçue par ton bonus
2005.
Je peux aisément le comprendre, mais tu
dois entendre aussi que, sur 2006, le
prévisionnel de ton client est en baisse
de -62 %, soit la plus forte chute de l'en-
semble des comptes stratégiques. Et que
ta participation active pour Pechinois
n'est plus à démontrer.
Afin de ne pas perdre de temps et dans
un esprit constructif, je te remercie
de bien vouloir me dire ce à quoi tu
```

```
t'attendais pour tes performances sur
l'année 2005.
Merci de me répondre rapidement.
Charles-Henri
```

« Je me suis mis le client dans la poche. Tout le département des services financiers a une bonne image d'Anderstand Consulting. Tout ça… pour ça ! »

Anne-So bloque sur le bonus, mais c'est un symbole. À travers ça, elle prend conscience que sa boîte ne s'intéresse pas à elle, ni à son boulot. Difficile dans ces conditions d'avoir confiance en soi et de se motiver. Difficile de puiser dans ses réserves lors des coups de bourre. Elle commence à se consumer au travail. Grosse solitude. Grosse fatigue.

Lorsqu'elle rentre le soir, elle s'affale sur le canapé et n'a plus envie de rien. Elle sent une tension au niveau de la main et de la nuque. Son corps se raidit, ses nerfs se bloquent. Des idées fixes lui viennent et lui reviennent en surnombre sans arrêt. Comme un cauchemar éveillé, saccadé et répétitif. Dans un film, il y a vingt-quatre images par seconde. Là, elle a l'impression de les voir arriver toutes en même temps. Ses yeux sont fermés, mais elle n'arrive pas à s'endormir tellement elle a mal à la tête. « Ça va s'arrêter ou je vais mourir avant ? »

L'impression d'être une nageuse au milieu de la mer, soit elle se bat contre les vagues et elle se noie, soit elle se laisse porter comme un vêtement dans une machine à laver jusqu'à ce que le programme s'arrête, et qu'on ouvre le hublot. Ça dure presque toute la nuit. Elle s'endort sur le canapé à 4 h 30.

Réveil difficile. Pas assez d'énergie pour aller bosser ce matin. Anne-So rassemble ses forces pour aller raconter sa crise d'angoisse à son toubib.

— Vous avez fait ce qu'on appelle une attaque panique.

— Ah bon ! Et c'est fréquent ?

— En ce moment, j'en vois pas mal, dues notamment au stress de salariés isolés dans leur souffrance. Vous êtes en situation de stress au bureau ?

— Oui, j'en ai marre de bosser pour rien.

— C'est-à-dire ?

— Je me suis beaucoup donnée dans le boulot. Et en échange zéro reconnaissance.

Anne-So est arrêtée une semaine, puis retourne au bureau. Pas évident de revenir légère après ce qui lui est arrivé. Forcément, ça jase.

— Elle a une sale tronche.

— Elle doit sûrement traverser une mauvaise passe…

Une semaine après son retour, Anne-So n'a pas retrouvé un minimum d'envie. Elle n'a surtout plus envie de continuer à se détruire. Ses cheveux ont perdu en qualité, ses ongles sont complètement rongés. Puis elle se retrouve trop seule dans sa quête de reconnaissance. Elle replonge en arrêt maladie durant un mois. À son second retour, elle démissionne pour se revendre ailleurs.

Démotivation, dépression, démission. Certains vont même jusqu'aux tribunaux pour obtenir une reconnaissance… « posthume ».

Deep pression

Chez Altranse, on n'est pas au technocentre de Guyancourt, où les suicides font les gros titres. Les plaques de psoriasis sont sous les vêtements, les insomnies compensées par le café, et les cernes masqués par le blush. Les consultants sont souvent des personnalités anxieuses, agressives, en quête de reconnaissance et surtout fières. Ils s'isolent pour ne pas montrer leurs plaques. Les oiseaux se cachent pour mourir...

Julien a écopé du management d'un projet d'implémentation d'un SIRH[1] de paie, dans une société de nettoyage industriel. Pour être moins cher qu'Atonos et Accenpelure, Xavier, l'ingénieur commercial, a taillé à la tronçonneuse dans les jours/hommes[2]. Résultat : un planning irréaliste pour un enjeu écrasant. Une vraie patate chaude ! Merci Xavier.

La mise en place de ce projet servira à rationaliser le système de paie du personnel de nettoyage. Si les délais ne sont pas tenus, les salariés n'auront pas de

1. Système d'information de gestion des ressources humaines.
2. On vend des hommes ou des femmes à la journée.

fiche de paie. La dernière fois que cela a dysfonc-
tionné, les employés se sont mis en grève, ont occupé
le siège social, et certains bâtiments (dont le Louvre)
n'ont pas été nettoyés pendant plusieurs jours.

À trente et un ans, Julien a la responsabilité de tout
ça. Pas besoin d'avoir huit ans d'expérience pour
s'apercevoir que les délais sont fous. Il s'arrache à
coups de café clope, de nocturnes, et rend des feuilles
de temps de soixante heures.

Mais tout ne dépend pas de lui et, au bout de trois
mois, c'est certain, pour Julien, les délais ne pourront
pas être tenus. «Je dois alerter Philippe[1]. Il va encore
me sortir que je ne suis pas autonome, mais là je suis
obligé de me couvrir», se dit Julien.

```
Objet : Risque décalage
Je tenais à te signaler un risque de
glissement de la date de démarrage.
Il faudrait faire remonter deux nou-
velles ressources sur le projet. Une
fonctionnelle pour la rédaction des
specs et les recettes internes et une
technique pour les dev d'états[2].
Même avec ce plan de charge, l'impact sur
le planning est d'au moins trois mois.
A+
Julien
```

---

1. Son n+1.
2. Développements d'états.

Philippe prend direct son téléphone.

— Salut, Julien, ton e-mail m'a vachement surpris. Tu ne me remontes rien et là tu me parles direct de décalage.

— Oui, au départ, je me disais qu'on pourrait tenir la date de démarrage, mais là, le RAF[1] est beaucoup trop gros.

— Attends ! On va passer pour des clowns. Le dernier Codir[2] a revalidé cette date.

— Je sais bien, mais janvier, c'est injouable.

— Écoute, Julien, si on se rate sur le planning, on finira tous à l'ANPE.

— Oui, mais faut tout de même avertir le client, non ?

— T'occupe pas de ces histoires. C'est politique, ça ! Fais-moi un plan parallèle de secours, une *roadmap*[3] avec visibilité, impacts et risques. Et, bien sûr, tu n'en parles pas à l'équipe.

— OK, je te fais ça.

Julien travaille discrètement sur un plan B. Le cap affiché lors des réunions officielles reste inchangé.

Cette histoire de décalage, ça le poursuit partout, dans la rue, dans le métro, au café, chez lui. Il ne peut

---

1. Reste à faire.

2. Comité de direction.

3. Document sous forme de tableau présentant les grandes dates du projet. À sortir lorsqu'on veut faire croire que l'on sait où l'on va.

en parler ni à sa nana, elle ne comprend rien à son boulot, ni à son équipe, ça va les démotiver. Mais son *team* voit bien qu'il stresse à mort. Guillaume, un consultant de l'équipe, imite ses tics nerveux en grinçant des dents et en agitant les mains.

Lorsque Julien entre dans l'*open space*, les consultants s'arrêtent de rigoler et regardent leur écran. Julien fait sa tournée : « Victor, t'en es à quel pourcentage de réalisé ? […] Et toi, Sonia, ça avance bien ton dev ? Tu me donnes également ton pourcentage[1] ? […] Attends ! Je reviens, j'ai un appel de Philippe. »

— Oui Julien, tu ne m'as toujours pas transmis la *roadmap* du plan de secours ?

— C'est en cours, j'allais te l'envoyer.

« Bon OK, mon planning est quasi bouclé, mais je n'ai aucun *slide*[2] de prêt et il est déjà 18 heures. Faut que je ponde un truc crédible rapidos », se dit Julien.

Julien se trouve un petit coin dans l'*open space* pour connecter son portable au réseau. Deux consultants de son *team* sont là. Sonia, qui termine son reporting, et Victor, qui kiffe Sonia et reste pour sortir en même temps qu'elle.

— T'y vas, Sonia ?

— Attends-moi juste deux minutes. Je termine mon doc, j'envoie un mail et j'y *go*.

— OK, je t'attends en bas dans le hall.

---

1. Niveau d'avancée de la tâche.
2. Feuilles d'un document de présentation sous forme de diapositives synthétiques.

Cinq minutes plus tard, Sonia se lève, range ses affaires, et voit Julien se prendre la tête.

— Bon courage, Julien, et à demain.

— Merci, Sonia, bonne soirée.

Sonia retrouve Victor dans le hall.

— Le pauvre Julien, il a l'air d'être sous pression. Je n'aimerais pas être à sa place.

— Tu me donnes ce qu'il gagne, j'assume sans problème.

Julien cogite jusqu'à 22 heures. Il refait plusieurs fois ses *slides*.

Il speede pour choper le RER de 22 h 27, mais les portes se ferment devant lui. Vingt-cinq minutes dans les dents. Quelle journée de merde ! Changement gare du Nord, toujours chaud le soir avec un ordi en bandoulière. Il pense au directeur technique qui s'est fait braquer son ordi. Faut dire que lui, il a une sacoche estampillée : « Prenez-moi ! Il y a un super HP à l'intérieur ! » Ligne 2, métro jusqu'à Rome, arrivée chez lui à minuit.

Sa copine dort. Il se prend trois carrés de chocolat, s'en grille une à la fenêtre puis se couche après avoir avalé un demi Lexomil sans eau.

Sa copine se réveille en pleine nuit à 3 heures du mat. Toujours pas rentré ? Elle sort du lit pour retrouver Julien assis sur le canapé devant son portable, une boîte de médocs et un verre d'eau à la main.

— Mais qu'est-ce que tu fous avec ton ordi à cette heure-ci ?

— Impossible de dormir. Quitte à être réveillé, autant que je m'avance dans mon boulot.

— Qu'est-ce que t'as encore avalé comme médoc ?

— Juste un demi-Lexomil, mais ça ne fait pas d'effet. Je suis tendu comme un bâton d'amidon.

— Tu ne crois pas que tu devrais te faire arrêter quinze jours ?

— Attends, tu rigoles ou quoi ? Le projet va couler si je ne viens pas. Je ne vais pas quitter un navire qui prend l'eau. Faut que je fasse front.

— Je ne sais pas si ça vaut le coup de se mettre dans un état pareil.

— Et tu veux que je fasse quoi ? Que je démissionne ? On fera comment pour rembourser notre emprunt immobilier ? Hein, on fera comment ?

— T'énerve pas. Je ne te parle pas de démission. Mais tu ne pourrais pas au moins en parler avec ton boss ?

— Je lui ai déjà remonté une alerte. Sa réponse, en gros, ça a été « démerde-toi ».

— Allez, viens, on va se coucher.

Elle lui caresse doucement le ventre et lui fait des petits bisous. Mais Julien n'y est pas. Il pense aux *slides* qu'il a envoyés à Philippe. Est-ce que le Codir va valider le décalage ?

Julien se réveille à 6 h 30 du mat et reste allongé les yeux ouverts rivés au plafond.

Ce matin, le RER B est bondé « en raison d'un incident technique ». Impossible de relire ses *slides* debout. Dix heures pétantes, Copil[1] hebdomadaire

---

1. Comité de pilotage.

dans la grande salle du haut. Julien agite les jambes sous la table et fait cliquer son portable. Tout le monde est arrivé sauf M. Ternaud, le directeur de projet client, qui se fait attendre. Ah ! le voilà enfin ! M. Ternaud pose son BlackBerry devant lui et attaque direct.

— Avant tout, je voudrais commencer par une remontée inquiétante des experts métiers : les tests sur la gestion des temps et activités ne fonctionnent pas.

— Ah bon, c'est-à-dire que…

« Encore une complication qui aura un impact sur le planning », pense-t-il. Il tremble légèrement puis se reprend.

— Faut que je demande à l'équipe technique de checker la livraison.

— Ah bon ? Parce que vous avez un doute sur la livraison ?

Technique classique de M. Ternaud : ne jamais entrer dans les détails techniques, mais déceler les failles dans l'assurance de Julien. Le genre de bras de fer usant.

Pour sortir un peu du loft, Julien sort bouffer un panini tomate-mozza sur un banc du parking du centre commercial. « C'est sûr, là, on va dans le mur question planning. »

De retour chez le client, Julien aperçoit David et Stéphane en pleine conversation devant la machine à café.

— T'as vu le dernier 4 x 4 Nissan, il est vraiment pas mal.

— Ouais, la version hybride, elle dépote.

— Ah ! tiens, Julien, ça va ? T'as l'air crevé.

— Non, non, la forme, ça va comme un vendredi. Et vous, la pêche ?

— Oui, toujours à fond. Le Copil de ce matin s'est bien passé ?

— Euh, oui, on en reparle…

D'un seul coup, Julien pâlit, ses yeux se révulsent, et il s'effondre par terre. Sa tête part en arrière, toute blanche, très molle.

Stéphane fonce vers l'*open space*.

— Vite, Ludo, une chaise.

— Ouais, et pourquoi pas une pipe et un café aussi ?

— Arrête tes conneries, y a Julien qui est en train de faire un malaise.

Ludo sort avec une chaise et tombe sur David en train de tenir la tête de Julien allongé par terre.

— Vite, appelez les pompiers.

— Je m'en charge, je vais à l'accueil.

— Ouais, et enlève la chaise de là, vaut mieux le laisser couché.

Stéphane lui relève juste un peu la tête, après avoir desserré sa cravate orange ornée de canards et dégrafé sa chemise.

Les collègues s'accumulent autour de lui. Stéphane les dégage :

— Poussez-vous ! Laissez-le respirer, merde !

Le cœur de Julien bat tout doucement et très lentement. Il a des spasmes comme s'il allait vomir et ne voit plus rien. Tout est blanc. Stéphane flippe. Son oncle est mort d'un infarctus inaugural[1] il y a deux mois.

— Eh ! Ludo, tu crois qu'il nous fait une attaque ?

— J'en sais rien, mais ça fout les boules.

— Mais qu'est-ce qu'ils foutent les pompiers ? Ils se magnent ou quoi ?

— Ils ont dit dix minutes maxi.

— Ah, tiens, les voilà !

Le brigadier examine Julien et lui tapote les joues.

— Oh, oh ! Monsieur ?

Julien ne réagit pas.

— Monsieur ! Vous êtes avec nous ?

— Quoi ?

— Ça va aller, reprenez vos esprits. Tout va bien.

— Je suis où ? Qu'est-ce qui m'arrive ?

— Rien de grave, monsieur, vous avez eu un petit malaise.

— Ah bon ?

— Vous êtes stressé en ce moment ?

— Un peu.

— Vous dormez la nuit ?

— Non, je n'ai pas dormi de la nuit.

— Ça va aller, monsieur, vous allez venir avec nous à l'hôpital pour des examens complémentaires.

— Non, non, c'est bon. Ça va déjà mieux, ça va aller, merci.

---

1. Infarctus qui n'est précédé d'aucune manifestation douloureuse permettant de prévoir sa survenue.

— Non, ça va pas être possible, on ne peut pas prendre le risque d'un nouveau malaise.

— OK, je vous suis alors.

Les examens à l'hôpital n'ont rien révélé de grave. On lui a juste dit qu'il avait été victime d'un malaise vagal.

Malaise vagal : réflexe neuro-cardio-vasculaire (le nerf vague innerve le cœur) qui provoque un ralentissement du rythme cardiaque (bradycardie), confinant parfois à la pause cardiaque.

Imperturbable, Myriam, la directrice associée responsable du compte, maintient le rendez-vous client et demande à David de remplacer Julien.

— Désolé, Myriam, je suis un peu sous le choc. Tu te rends compte, il y a à peine une heure, j'avais la tête de Julien dans mes mains.

— C'est dur, je sais, mais *the show must go on*.

Réunion d'équipe improvisée dans l'*open space*. Chacun veut donner son avis sur l'évolution du projet. Personne n'aborde le malaise de Julien.

Deux jours après, Julien est retiré du projet, mis au vert sur un beau petit projet interne de *knowledge management*[1] qui préservera son petit cœur fragile.

L'histoire de Julien est spectaculaire, mais sans gravité et clairement due au stress. Si vous voulez une

---

1. Gestion des connaissances. Projet interne généralement abordé avec enthousiasme en seconde partie de réunion corporate, mais qui ne débouche jamais sur du concret.

vraie preuve, prenez une photo de Julien à son arrivée et à la fin de sa mission, ce gars a perdu huit kilos, évaporés en anxiété.

« Oui, mais le stress est nécessaire à la performance. Il y a du bon stress. »

Ah oui, super ! La belle idée reçue ! Le « stress positif », parlons-en !

Pour que coule la bonne adrénaline, il faut un enjeu positif : relever un défi en équipe, remporter une compétition où chacun trouve son compte… Mais quand c'est de la pression absurde, qu'on est isolé sur un projet sans emprise, ça provoque des situations de détresse.

Julien a eu un malaise vagal, ça fait partie du métier. Sonia passe son temps à s'arracher des bouts de peau sur les doigts, ce n'est rien. David se gratte ses sourcils rongés par l'eczéma, pas de quoi appeler l'inspection du travail. Stéphane grince des dents comme un hamster et vient de faire un ulcère, c'est déjà plus lourd. Un cadre d'IBM se noie dans sa baignoire… Bon, j'arrête.

Non, vraiment, il y a des limites au stress « positif ». Je ne m'énerve pas, Madeleine, j'explique !

Time shit

Les entreprises vendent du temps de cerveau humain disponible, le temps de leurs ressources humaines. Si une entreprise arrive à mesurer le temps passé de chaque cadre, elle a un suivi optimal de l'activité de la boîte.

Eh bien, avec les nouvelles technologies, on y arrive ! Il suffit de faire pointer les cadres, mais de façon beaucoup plus précise : sur un Intranet. C'est ce que fait Business&Incisions, une agence Internet en vue. Chaque fin de mois, les cadres rendent compte de leur activité à l'heure près.

Le premier jour où Mathieu est arrivé chez B&I, Pauline, l'assistante RH, lui a tout de suite montré le fonctionnement du *timesheet*[1] sur l'Intranet.

— Je vais te montrer comment remplir ton *timesheet*. Tu connais le principe ?

— Non, c'est quoi ?

---

1. *Timesheet* en bon français, c'est la feuille électronique de comptabilisation du temps.

— Une feuille de présence que tu saisis sur l'Intranet. T'imputes tes jours avec une activité et un code projet.

— Ah bon, et on saisit ce qu'on fait jour par jour ?

— Heure par heure même ! C'est hyperprécis. On mesure à l'heure près le temps consommé pour le facturer derrière au client.

— Oui c'est logique. Mais heure par heure ! Et je mets quoi quand je vais déjeuner ?

Mathieu entre en contact avec la réalité du *timesheet* à la fin d'un projet du site Internet Tefol.com. Mathieu doit checker le temps passé de toute l'équipe pour comparer avec le nombre de jours vendus au client. « C'est bon ! On est dans les clous. Ah, merde ! Benoît n'a pas encore rempli son *timesheet*. Ça fausse tout. Je l'appelle. »

— Tu peux remplir ton *timesheet*, s'il te plaît. Je dois clore le projet Thermaspot.

— Ça m'a pris sept jours et demi.

— Désolé, mais ce n'est pas ce qu'on avait dit et, si tu reportes plus de sept jours, on dépasse.

— OK.

Ça se joue sur des demi-journées. Quand le projet dérape, Paul K., le contrôleur de gestion, est là. Joues roses, chemise bleue, visage poupon à la Krajicek, ce mec a le sale boulot, mais il l'assume. Il doit checker tous les dépassements de tous les projets ! Super-administrator, il a une vision en temps réel et transversale de toute l'activité et des *timesheets* de tout le monde.

Fin du mois, Paul K. relève les compteurs et signale

les dépassements. Il voit les temps de travail de chacun des salariés. Clara travaille cinquante heures,
Benoît quarante, Mathieu a trop d'inoccupé... Forcément, on compare.

Il envoie chaque mois un e-mail collectif trois jours
avant :

```
Objet : Rappel
Merci à tous ceux qui n'ont pas encore
rempli leur timesheet de le remplir dès
réception de cet e-mail.
Cdt,
Paul K.
```

Au moment de le recevoir, Mathieu raconte à sa
voisine Julia (chef de projet comme lui) :

— Putain, je viens de recevoir l'e-mail de la police
des polices. Ça fait trois semaines que je ne l'ai pas
ouvert.

— Moi, je le remplis au fur et à mesure, car après
je zappe ce que j'ai fait.

Mathieu retourne à son bureau et continue de remplir son timesheet. Avec les conseils de Julia :

— Quand tu ne sais plus ce que t'as fait sur une
journée, tu mates l'historique de tes e-mails envoyés.

— Merci pour le tuyau. Tout le monde l'a rempli.
Je suis à la bourre.

— Bon, voyons, Lancomica Italie, on a un peu
dépassé en graphisme, je vais mettre que deux jours de
suivi de projet.

Mathieu fait sa petite bidouille comme tout le monde pour équilibrer les projets qui dépassent avec ceux qui margent un peu. « Sur Ertha, je mets trois jours, ils ont validé rapidement, on marge en créa. Et Nestlaid Gériatrie, je mets combien ? OK, je vais faire ça, ça répartit l'inoccupé. C'est dingue ce que ça prend comme temps. Ils devraient ouvrir un lot *timesheet* pour remplir son *timesheet*. »

Le téléphone sonne, c'est Paul K. « Putain, j'ai les bœuf-carottes au cul ! On dirait qu'il m'a entendu ! »

Paul K. ne supporte pas qu'on le filtre. Il appelle plusieurs fois de suite jusqu'à ce qu'on décroche. Mathieu le sait et décroche tout de suite :

— Salut, Paul, oui, je sais, le *timesheet*.

— T'attends quoi pour me l'envoyer ?

— J'ai quasi terminé, c'est bon !

Paul K. est dans sa logique de contrôle de gestion. Mais l'obsession de tout mesurer (quantophrénie[1]), de traquer le temps « inutile » étrangle la créativité. Quel est le ROI[2] de la veille concurrentielle, d'un *brainstorming*, d'une réflexion, d'un échange, de la lecture d'un ouvrage de communication ?

Coup de fil de Julia.

— Salut, Mathieu, t'aurais un peu de dispo pour nous aider sur le *brainstorming* Oranginade ?

— Avec plaisir, Julia ! Je descends.

---

1. Illusion qui consiste à croire que la réalité peut être comprise et maîtrisée à condition de pouvoir la mesurer.

2. *Return on investment* : retour sur investissement.

Mathieu descend au rez-de-chaussée en salle Jaune. Julia s'agite en regardant sa montre. Cinq personnes sont mobilisées. Le compteur tourne. Tic-tac. Tic-tac. Va falloir trouver une idée vite.

— Écoutez, on a une heure pour trouver une idée «appétante» pour Oranginade.

— Je pense qu'on pourrait faire un truc autour du foot version *street,* tente Mathieu.

— Sympa, mais ça, c'est plus une idée pour n+2. S'agit pas de réinventer la roue, tranche Julia.

Combien de temps pour une bonne idée ? Le cerveau ne fonctionne pas à heures fixes.

Dans l'*open space,* on appelle Mathieu la «boîte à idées». Mais la boîte à idées, pour se nourrir, surfe souvent sur des sites qui n'ont rien à voir avec son travail. Il doit alors mettre «inoccupé» sur le *timesheet,* car cela ne correspond à aucune tache mesurable.

Or, pour trouver une bonne idée, il faut parfois sortir la tête du guidon, s'ouvrir l'esprit, ne rien faire de précis – bref, avoir un peu de liberté. Celle de Mathieu est fractionnée en huitièmes de journée. Et ses idées s'appauvrissent. Mais sa boîte s'en moque. Un travail qui n'est pas quantifiable n'est pas facturable au client. Donc inutile.

Alors oui, les cadres sont autonomes, mais comme des détenus en liberté surveillée, un *timesheet* en guise de bracelet électronique.

T'es J, K, P, F ou E ?

Tout est évaluable pour les gourous du néo-management. « Persévérance », « capacité à gérer des conflits », « sens des priorités »... Le taylorisme découpait le travail en une succession de tâches, les post-tayloristes découpent la personne... en un patchwork de compétences. Après, c'est simple, l'évaluateur coche des cases pour voir si la compétence est acquise (a), non acquise (b) ou en voie d'acquisition (c).

Il utilise une grille ultraperformante avec des KPI[1] qui mesurent le travail en toute transparence et en toute objectivité.

Yann, chargé d'évaluer Giovanni, préremplit les cases avant l'entretien. « Sur quoi j'oriente l'entretien ? À la réunion de *banding*[2], je n'ai pas obtenu de

---

1. *Key performance indicators.*
2. Se dit aussi réunion de péréquation, grand-messe entre les managers où l'on décide de la répartition des augmentations, primes et promotions.

budget pour lui filer une prime. Il faut bien que je trouve un point à améliorer chez lui... »

En parcourant la grille, Yann trouve une pépite dans la partie 5, consacrée à l'attention aux autres : « Accepte d'étudier d'autres arguments que les siens sans se braquer. »

« Voilà un élément qu'il est bon ! Je l'ai vu se braquer, il y a un mois, en plein *open space*, avec Erika, la responsable du *knowledge management*. Je vais lui coller 1 sur 6 sur cet item et axer l'entretien là-dessus. »

Yann et Giovanni se retrouvent dans le petit coin de *l'open space* qu'on appelle le confessionnal. Giovanni commence par s'autoévaluer. Yann ne dit rien et noircit sa grille puis, après dix minutes d'écoute active, l'interrompt :

— OK, je partage ta vision. Mais j'ai eu des remontées sur ta tendance récurrente à te braquer.

— Me braquer ! Comment ça ?

— Oui, tu n'établis pas toujours une bonne connexion émotionnelle avec tes interlocuteurs. Il faudrait que tu sois plus à l'écoute des arguments des autres et ouvert à la critique. J'ai eu des *feedbacks*...

— Mais ce n'est pas possible ! J'ai de bons rapports avec l'ensemble de l'équipe.

— Tu vois ! Tu te braques dès qu'on te fait une remarque.

— Mais je ne me braque pas, j'essaye juste de...

Giovanni comprend et n'insiste pas.

— Bon, OK, on passe au point suivant, le débrief

de ton MBTI. Selon la grille, tu te situes dans le pôle F *(feeling)* et la catégorie P *(perception)*.

— C'est-à-dire ?

— F, c'est que tu intègres tes valeurs et ton ressenti dans tes jugements, et P, ça signifie que tu restes ouvert aux influences extérieures.

— Et c'est bien ?

— C'est pas mal pour un junior, mais t'as une bonne marge de progression. Je te fixe comme objectifs les catégories type T *(thinking)* et J *(judgemental)*.

— Pour l'année prochaine ?

— Oui, pour l'année prochaine. Si tu atteins ces objectifs, tu te positionneras alors comme un consultant senior qui juge logiquement à partir de faits et qui aime planifier et maîtriser ses actions.

— OK.

— Je suis sûr que tu vas relever le challenge. Je ne me fais pas de souci pour toi.

MBTI ? *Myers-Briggs Type Indicator*, l'indicateur le plus utilisé au monde pour différencier les personnalités. Incontestable, validé par les meilleures marques de machines.

— T'es J, K, P, F ou E ?

Telle lettre, tels besoins de développement comportemental.

Tableaux d'objectifs, grilles d'items, référentiels de compétences, logiciels d'autoévaluation… Vite Giovanni, télécharge-toi le logiciel « Juger logiquement à partir de faits » pour être updaté, côté compétences.

Relax ! Comme Yann, beaucoup d'évaluateurs n'y croient pas non plus. Ils partent d'un trait de caractère, pas forcément faux d'ailleurs, et utilisent la grille MBTI comme alibi scientifique. Les pros savent tout mesurer.

« Je phase pas mal avec ton autoéval »

Comment évaluer un cadre avec qui on n'a jamais travaillé ? Par l'autoévaluation.

Thierry termine sa deuxième année chez CapCefini. C'est le moment de l'évaluation. Il a rendez-vous avec Jean de la Chaisemartin en salle Atlantique. Ils ne se connaissent pas, mais se sont croisés une fois à la dernière réunion corporate.

— Bon, Thierry, pour commencer, j'aimerais que tu t'autoévalues.

— Euh… OK, mais je commence par quoi ?

— Je ne sais pas, moi, par le projet.

— Le projet avance plutôt bien, on a de la visibilité sur la suite…

— Et toi, personnellement, tu l'as vécu comment ton année ?

— J'ai l'impression de m'être bien intégré dans l'équipe, d'avoir été force de proposition pour les solutions et…

— Donc pour toi, tout roule. Tu as optimisé tes compétences et répondu aux besoins du client ?

— Optimiséééé… je ne sais pas, il y a sûrement des axes d'amélioration. Je peux sûrement être encore plus proactif…

Thierry évite de se la raconter. L'an dernier, il l'avait joué sûr de lui en expliquant comment il avait « apporté une réelle valeur ajoutée au projet » et s'était pris un cinglant retour : « Au moins un de satisfait… » Panpan cul-cul ! Pas de bon point.

Mais remettons le focus sur cette année.

— Et le client te perçoit bien ?

— Il a l'air satisfait en tout cas.

Jean hoche la tête et griffonne des notes sur sa grille.

— Je phase pas mal avec ton autoéval. On m'a dit aussi que t'avais une bonne capacité à partager l'info.

— Euh oui, j'essaye de mutualiser.

— Bon, très bien. Écoute, Thierry, si tu n'y vois pas d'inconvénient, je te lis direct mon appréciation : *Thierry sait se challenger tout seul. Demandeur d'activité, Thierry fait preuve d'une grande capacité à résoudre les problèmes et à proposer des solutions immédiates. Thierry s'est beaucoup investi sur cette mission et a manifesté une réelle volonté de mener à bien ce projet difficile.* On converge pas mal, non ?

— Oui, oui, on converge.

— Bon, maintenant, j'aimerais que tu te fixes tes objectifs pour l'année prochaine.

— Euh…

— Pas de panique, tu m'envoies ça dans la journée, mais je t'en fixe un : « Thierry doit développer sa capacité à traiter plusieurs sujets en parallèle s'il souhaite évoluer dans sa prise de responsabilités.» T'es d'accord avec ça ?

Très important. Solliciter l'acceptation de l'évalué pour qu'il soit responsable de ses objectifs. Cruel exercice que de demander à quelqu'un de s'évaluer. On est toujours plus dur envers soi-même.

Certains ajoutent à l'autoéval le 360° qui consiste à évaluer son n+1. Très sain comme procédé…

Sois entrepreneur de ta carrière !

Avant, on entrait chez les Michemin ou les Laforge pour « faire carrière ». En échange de sa fidélité, le jeune cadre bénéficiait d'avancements à l'ancienneté et de possibilités d'évolution interne. Certains hauts potentiels se voyaient même offrir un MBA[1]. L'entreprise misait sur eux.

Maintenant, c'est l'inverse. Pour monter en compétences, il faut se former à l'extérieur et, pour changer de poste, changer de boîte. Comme dit le DRH de KPAIMEG à ses salariés : « C'est vous qui construisez votre parcours professionnel ! Soyez entrepreneur de votre carrière et acteur de votre projet. »

Valérie ne réfléchit pas en termes de carrière, mais de parcours. Elle est allée chez KPAIMEG car ils font partie de ces fameuses « sociétés écoles ». « Chez nous, tu vas beaucoup apprendre et tu pourras bien

---

1. *Master Business of Administration.* Prononcer à l'anglaise M Bi Eille. Pour 40 000 euros, vous obtenez un réseau et un diplôme en un an.

te revendre ailleurs », lui a dit la responsable RH pour lui vendre le poste.

Le message est limpide. Tu ne fais pas carrière chez nous. Tu bosses un temps et tu t'en vas. La rotation des jeunes cadres est prévue, planifiée. Ça va très bien à Valérie qui sait, dès le départ, que la relation va s'arrêter. On dirait un couple qui, à peine marié, sait qu'il va divorcer.

Valérie est consultante chez KPAIMEG depuis trois ans. C'est presque louche. Seul Jean-Marc le dinosaure compte sept ans de boîte. Donc, il faut bouger. Mais où ? Chez le client ? Sur un projet porteur en interne ? Ou partir pour complètement autre chose ?

Le soir, en sortant du boulot, elle prend un pot avec son pote Thomas.

— Je me pose plein de questions sur le boulot. Faut que je change d'air.

— Avec ton profil, tu peux te revendre facilement.

— Oui, mais j'ai envie de me défoncer pour autre chose. Mais quoi ? Faudrait peut-être que je prenne une année sabbatique.

— Fais gaffe, après t'es plus dans le flux.

— M'en fous. J'ai besoin de réfléchir, de me poser.

— Avant de te décider, fais peut-être un bilan de compétences, il paraît que ça aide.

Pas facile de sauter le pas d'une année sabbatique… Faut assumer un trou dans le CV, et le regard des autres.

Difficile aussi de repartir de zéro alors qu'elle est tranquille en CDI et que son expertise vaut cher sur le marché. Comme on dit, « tu ne sais pas ce que tu gagnes, mais tu sais ce que tu perds ! ».

« Et l'international ? Je ferais toujours la même chose, mais, au moins, je découvrirais une autre culture. Peut-être que KPAIMEG a des possibilités. En même temps, je veux relever de nouveaux défis, faire un truc qui a du sens… mais quoi ? » se dit Valérie.

Tout incite à se jauger en permanence. Chaque semaine, les magazines vous tiennent éveillé : « Êtes-vous bien payé ? » « Êtes-vous un bon professionnel ? » « Êtes-vous performant ? » « Avez-vous mis votre ceinture ? » « Et vos pneus ? Vous y avez pensé ? »

Ça fait douter. Ai-je été à la hauteur dans mon parcours professionnel ? Ai-je fait les bons choix ?

Elle achète le dernier numéro de *L'Express* : « Salaire des cadres : êtes-vous payés à votre juste valeur ? » « Voyons voir le verdict pour ma catégorie. Ah voilà ! Consultante technique senior, 30-35 ans, région parisienne : 45 K ?. Putain, je suis à 39 K ?! Il est calculé comment, leur salaire ? Peut-être que je négocie mal ? Avec un bilan de compétences, c'est vrai que j'y verrais peut-être un peu plus clair. »

Vendredi après-midi, elle a posé une demi-RTT pour se rendre à l'APEC.

— Bonjour, je venais juste pour un renseignement et un rendez-vous pour un bilan de compétences. Je souhaiterais me reconvertir.

— Oui, mais dans quel secteur ?

— Je ne sais pas trop, ça dépend un peu des possibilités de formation.

— C'est à vous d'identifier votre secteur de reconversion, je ne vais pas le deviner pour vous.

— Euh…

— Vous travaillez dans quoi ?

— Dans l'informatique, dans les systèmes d'information.

— Attendez, vous rigolez ? Vous êtes dans le secteur le plus porteur. Que demande le peuple ?

— Le peuple demande du sens.

— Ah bon, je croyais qu'il demandait des sous. Quand on a du travail, de nos jours, c'est déjà pas mal. Le chômage des jeunes cadres a augmenté. Vous n'avez pas lu *On vous rappellera* ?

— Non.

Une semaine après, Valérie revient à l'APEC pour son rendez-vous personnalisé.

— Alors, je vous explique. Le bilan de compétences, c'est un outil d'aide à la décision. Il vous aidera à identifier vos aspirations non satisfaites.

— Ah bon, mais comment ?

— Je vais vous donner dix annonces et puis vous allez les analyser et en tirer…

— Excusez-moi de vous interrompre, mais ça sert à quoi ?

— Le bilan de compétences va vous aider à vous construire un projet susceptible de vous motiver pour les dix ans à venir. Mais c'est vous qui allez le construire. Moi, je suis juste là pour vous guider.

Ce n'était pas inutile, mais un peu trop théorique. Elle laisse mûrir. Pour mettre en place un projet de reconversion, il faut un peu de temps. En attendant, cette réflexion fait qu'au boulot, elle est là sans être là. Un début de « démission intérieure », de séparation mentale avec KPAIMEG.

Un an après, elle démissionne pour de vrai et bosse pour une ONG après une formation en comptabilité et gestion des ressources humaines. Première mission humanitaire au Liberia… Radical.

Ce qui devrait faire réfléchir les agences, c'est que les jeunes cadres filent leur dèm' de plus en plus vite. Un jeune diplômé sur trois quitte son premier emploi au cours des deux premières années. En démissionnant aussi tôt, ils ne laissent même pas le temps aux entreprises de rentabiliser leur recrutement.

Mais qu'est-ce qui leur prend, à ces jeunes effrontés ? Cela ne se fait pas de partir avant deux ans de boîte. Ce n'est pas sérieux. Ils ne tiennent plus en place, ils veulent tout, tout de suite.

Qu'est-ce qui a vraiment changé ? Avant, ils étaient prêts à se sacrifier pour l'entreprise, maintenant, ils ont des exigences à peine arrivés. Les jeunes ne sont pas plus fainéants qu'avant. Ils sont lucides de plus en plus tôt.

L'économie de la stagiaire

Le premier job, c'est hyperimportant, on s'en souvient toute sa vie, comme des premiers baisers.

Charlotte a été embauchée lors d'une session de *speed recruiting* par E-interaktion, l'agence multimédia d'une grosse SSII.

Ça va très vite. Le premier jour, l'assistante du *staffing manager*[1] lui explique comment suivre un projet avec le site Intranet de l'agence. Charlotte est un peu dépassée. « Je m'y ferai à l'usage », se dit-elle.

Pas de temps mort. C'est bien organisé. Charlotte revient voir Émilie, sa n+1.

— Bon alors, ça y est, t'es opérationnelle maintenant !

— On va voir. C'était rapide.

— Je t'explique. On est actuellement en train d'animer la partie Club pour Seb-C'est-bien. Un big chantier. Ton rôle à toi, ça va être chef de projet. Je te

---

1. Le responsable de l'affectation des ressources sur les différents projets.

forwarde les e-mails, comme ça tu auras l'historique du projet.

— J'ai une adresse e-mail ?

— Bien sûr : c.lecoq@interaktion.fr. Bon, c'est bon, tu y es ?

Après-midi passé à se mettre dans le bain. Charlotte aura comme contact Lisa chez Seb-C'est-bien.

À 19 heures, elle quitte l'agence. Ses parents l'attendent pour le dîner. Elle va leur raconter sa première journée de boulot.

Comment ça ? Charlotte habite encore chez ses parents ? Ah oui, on a oublié de vous dire que Charlotte était stagiaire !

Charlotte prend vite ses marques sur le projet. Elle reste souvent tard le soir pour tout boucler. On la sollicite même sur des appels d'offres. Dans la dernière propale[1], elle est vendue comme chef de projet sans bien sûr préciser qu'elle est stagiaire. Charlotte se donne à fond dans son boulot car elle espère être recrutée. Venir bosser un dimanche pour un appel d'offre ? Pas de problème. Rester en semaine jusqu'à minuit pour une nocturne ? Pas de souci. Être joignable sur son portable (perso) par ses clients à tout moment ? Avec plaisir. Un stagiaire ne fixe pas de limites. Elle en fixera lorsqu'elle sera recrutée.

Elle est assez à l'aise au téléphone avec Lisa, la cliente, ancienne stagiaire récemment embauchée.

Elle ne se démonte pas lorsque Véronique C., la

---

1. Proposition commerciale.

directrice de la com du groupe Seb-C'est-bien l'appelle en personne. D'habitude, Véronique C. n'appelle que les associés ou les directeurs de projet, mais là, elle veut taper direct dans l'opérationnel. De toute façon, Véronique ne sait pas que Charlotte est stagiaire.

Réunion trimestrielle pour le bilan des dernières opérations commerciales du Club et sur l'ensemble des activités Web de Seb-C'est-bien. Charlotte n'apprend que la veille qu'elle devra y assister.

— Ce serait bien que tu nous prépares quelques *slides* sur le bilan de l'opé Body-Pup. Ah oui, et puis pense à me sortir les dernières stats du Club pour Véronique, lui demande Émilie.

« Sympa de prévenir à l'avance », se dit Charlotte.

Ce genre de petits détails rappelle à Charlotte sa condition de petite stagiaire. Alertée au dernier moment, elle doit rester tard pour terminer ses *slides*. Elle les revoit même une dernière fois chez elle.

Jeudi, 10 h 30 : rappel Outlook, la réunion va commencer.

— On se retrouve en salle E008, lui dit Émilie. Tu prends bien tous les jeux d'impression avec toi ?

— Oui, oui.

Les clientes arrivent en salle de réunion avec Émilie. Charlotte est à quatre pattes sous la table en train de connecter le vidéoprojecteur. Elle se relève mal à l'aise.

— Bonjour, Charlotte D.

— Ah ! bonjour, Charlotte. Véronique C. et Lisa M. de Seb-C'est-bien. Nous sommes contentes de vous rencontrer *de visu* après tant d'échanges par téléphone.

— Oui, moi aussi.

— Ça ne marche pas, Charlotte ? demande Émilie.

— Ça doit être un problème de config.

— Ah ! alors faut appeler Pascal (l'admin réseau). Tu t'en occupes ?

— Oui, OK.

Ça y est, Émilie peut dérouler la présentation sur le bilan des animations du trimestre. Charlotte intervient sur la partie Tefol.com et statistiques.

— Merci pour votre point, Charlotte, dit Véronique. C'était très clair.

— Nous avons eu un très bon *feedback* de Easyburne, renchérit Lisa. D'autres marques comme Promoule et Bouilhot seraient partantes. Est-ce qu'on pourrait renouveler ce genre d'opération à l'avenir ?

— Bien sûr, répond Charlotte. C'est facile à mettre en place.

— Parfait, et, en grosses mailles pour le budgétiser, combien de jours environ pour implanter un dispositif d'un jeu-concours par mois ?

Émilie reprend le *lead*.

— Nous allons lancer une étude et vous fournir une propale avec un chiffrage dès que possible. D'ailleurs, il faudrait que nous parlions du rétroplanning et du budget. Charlotte, on te libère !

Charlotte se lève et quitte la salle de réunion.

Une heure après, Charlotte a droit à un petit recadrage en aparté :

— Écoute, Charlotte. Quand la cliente pose une question, laisse-moi parler, d'accord ? Et puis, on ne dit pas au client : « C'est facile. » Tout est difficile, tout a un coût.

— OK, c'est clair. Désolée.

— Et ne t'engage jamais sur des délais. Faut que t'apprennes à répondre par : « Je ne peux pas vous répondre sans vérifier avec la prod », ou un truc du genre.

— Je ne savais pas.

— Tu apprends, mais on ne peut plus se permettre des erreurs de débutants comme aujourd'hui car, après, on les paye *cash*. À part ça, n'oublie pas de me faire le compte rendu dès que possible.

Fin de stage, Charlotte a droit à un petit entretien rapide pour lui dire que tout le monde a été « très content de son travail » et de son implication, mais qu'il n'y a pas de budget pour la recruter.

En fin de stage, elle doit former son remplaçant, Baptiste, stagiaire lui aussi. Et ça tourne comme ça tous les six mois.

Forte de cette première expérience « enrichissante », sauf financièrement, elle se retrouve à chercher du boulot.

Le business modèle de nombreuses boîtes repose sur un *turn-over* de stagiaires. Une agence de pub a même mis une annonce : « Cherche une stagiaire senior. » La boucle est bouclée.

Il faut bouger !

Tous les RH veulent que leurs effectifs soient plus flexibles. Chantal D., responsable du développement des ressources humaines chez Citron Logistique, veut faire bouger ses jeunes cadres : « Afin d'obliger les trentenaires à bouger, nous avons instauré une clause de mobilité sur la France pour l'ensemble de nos commerciaux. »

C'est vrai Chantal que les jeunes d'aujourd'hui n'ont jamais bougé. C'est connu, les jeunes diplômés d'écoles de commerce ne font que se soûler la gueule, ne lisent pas la presse, et n'ont pas compris la mondialisation, ni les nouvelles technologies.

Isabelle, diplômée de Sup' de Co Toulouse à vingt-quatre ans, ne se posait pas cent mille questions sur l'entreprise lorsqu'elle a rencontré les consultants de Price and Whisky au costume nickel et au regard d'acier dans leur mobile home itinérant en chrome.

Elle a été reçue par un beau manager aux dents blanches qui l'a fait saliver en lui parlant de perspectives à l'international, de missions variées, et de l'excellence des collaborateurs.

« La classe ! Je veux être comme eux. Réussir quoi, devenir une *executive woman* ! » Isabelle s'y voyait déjà.

Et maintenant, ça y est ! Elle a signé son premier CDI de consultante junior chez Price and Whisky, tout feu tout flammes dans son joli tailleur gris clair sans passer par la case stage. *Winneuse*, mauvaise perdante et bonne en chiffres, elle veut se donner à fond dans le conseil pour la variété des missions. À son âge, pas question de s'encroûter dans la routine d'un bureau avec des plantes. Lors de ses études, on lui a bien répété qu'elle serait appelée à changer fréquemment d'entreprise, de fonction, voire de métier. Le conseil, c'est un bon plan pour s'ouvrir des portes.

À peine arrivée, après une semaine de formation, son manager la staffe sur une mission de déploiement d'un progiciel financier. Il l'a prévenue qu'au début, elle bougerait pas mal (en fait tout le temps). « Tu verras, c'est une mission très formatrice. » Les déplacements ne l'effraient pas. Tout sourire, portable en bandoulière, sa carte Fréquence Plus en poche, elle entame sa mission avec une réelle envie d'en découdre, de « performer » sur ce projet « challengeant ».

Lors des premiers mois, elle n'hésite pas à réserver un hôtel le dimanche soir pour pouvoir être fraîche et dispo le lundi matin chez le client. Réactive, proactive, créative, elle est prête à tout. Une « conf call » à

21 heures avec ses collègues ? Pas de problème. Un samedi où elle doit se rendre au bureau ? Pas de souci.

Ce rythme d'enfer, elle ne le vit pas comme une contrainte. Du pain bénit pour les cabinets de conseil, SSII[1] et autres prestataires de services, qui n'ont qu'à orchestrer cette énergie débordante de début de carrière.

Isabelle enchaîne les semaines de déplacement sur un rythme soutenu. Récit d'une semaine type :

Lundi matin, lever 5 heures pour embarquer à 7 heures à Orly dans la navette pour Marseille. À l'aéroport Marseille-Provence, elle récupère une voiture de location pour accéder à la zone industrielle de Fos-sur-Mer. Malgré son itinéraire Mappy, elle tourne en rond dans la zone pour trouver le site. Dès son arrivée, Martine H., la DAF du site, lui soumet une batterie de questions destinées à tester la « petite consultante surdiplômée ».

Déjeuner avec Martine, son adjoint et un comptable. Fatigant, car il faut surveiller ses mots. Affligeant, puisque, hors du travail, Isabelle ne trouve guère que la météo comme terrain « neutre » de conversation. Après-midi dédié à la formation de trois comptables à l'utilisation du logiciel.

Fin de journée vers 20 heures : reporting téléphonique avec son n+1. Isabelle prend sa voix dynamique car il est de bon ton d'afficher enthousiasme et énergie. Vers 21 heures, elle s'attable au restaurant du Novotel.

---

1. SSII : sociétés de services en ingénierie informatique.

Deux VRP lui jettent des regards appuyés. Elle baisse les yeux et accélère son repas pour rejoindre sa chambre et fuir cette lourdeur.

Mardi, réunion de cadrage des actions à enclencher pour l'accompagnement du changement. Martine confie à Isabelle ses inquiétudes face à la « résistance au changement » de son équipe.

Pause dèj' courte, après-midi stressant. Les comptables de l'équipe résistent effectivement bien au changement en apostrophant Isabelle : « Ça marchait très bien avant », ou : « Vous coûtez combien par jour à Vitenvi, vous, les consultants, pour nous former à ce truc ? » Puis c'est reparti pour une soirée Novotel.

Elle se connecte sur Internet et mate ses connexions à son profil Meetic. Tout le temps en déplacement, c'est le seul moyen qu'elle a d'échanger avec des mecs.

Un certain Eric323, trente-sept ans, bac + 5, aimant le blues, le jazz et la planche à voile, réussit à accrocher son attention :

Eric323 dit :
Hello miss…
Purpledream dit :
Salut !
Eric323 dit :
J'ai vu que tu étais consultante comme moi.
Purpledream dit :
Oui mais sur Paris. Et toi ?
Eric323 dit :

Moi je bosse sur Marseille avec des déplacements de temps en temps.
Purpledream dit :
Tiens c'est marrant parce que je suis justement en déplacement près de Marseille.

Ça motive bien Éric, qui la baratine sur l'Inde et le théâtre et enchaîne sur quelques vannes gentilles. Un speech affectif bien construit, quelques phrases psychologiques habiles sur la crise de la trentaine. Elle le met parmi ses contacts, mais là elle est crevée.

À chaque fois qu'elle se sent seule, elle aime bien échanger un peu. Puis ça la soûle. Elle tombe souvent sur des mecs trop pressés ou des lourdauds. Un peu moins depuis qu'elle a enlevé sa photo. Allez, dodo !

Mercredi, lever 5 h 30 pour prendre le train en direction de Lyon. Arrivée à Lyon-Part-Dieu, elle saute dans un taxi pour rejoindre les bureaux du client dans la ZA de Vénissieux. Patrick R., le contrôleur de gestion pointilleux, piaffe de lui soumettre des cas pratiques de consolidation financière. Le nouveau progiciel prévoit-il tel ou tel scénario ? Quelle est sa réelle valeur ajoutée par rapport à l'existant ? Ses attentes sont très fortes. Un vrai passionné.

Les réponses d'Isabelle lui apportent plus de désillusions que de satisfactions. Il finit par s'en prendre à elle. « Votre logiciel, c'est n'importe quoi ! Comment pouvez-vous vendre ça ? » Isabelle ne répond pas. Elle ne vend rien. Elle forme les utilisateurs à une solution informatique qui la passionne autant que le paysage de la ZA où elle est coincée.

Le soir, vers 21 heures, Isabelle entame son plateau-repas sur le lit de sa chambre du Kyriad de Vénissieux. Elle zappe entre « La Nouvelle Star » et « Julie Lescaut » lorsqu'elle reçoit un appel de Nathalie, sa meilleure copine.

— Salut Isa, t'es à Paris demain soir ?

— Non, je suis à Vénissieux jusqu'à vendredi.

— Où ça ?

— À Vénissieux, dans la banlieue de Lyon.

— Ah ! Dommage, j'organisais une petite soirée avec Stéphane, Magali et son nouveau copain. Si tu veux, je la décale à vendredi.

— Euh… non. T'embête pas, car vendredi ça va être *short* pour moi, je risque de rentrer tard et je serai sûrement crevée.

— Bon, bah, tant pis pour cette fois. On essaye de se capter la semaine prochaine.

— Non, je ne pourrai pas non plus car je suis à Calais à partir de lundi.

La vie sociale d'Isabelle se réduit à une peau de chagrin. Elle aimerait se poser pour enchaîner deux rendez-vous chez le dentiste ou tout simplement sortir boire un verre avec ses copines.

Jeudi, journée de saisie de factures dans la nouvelle « appli » avec l'équipe des comptables et paramétrage des comptes à reprendre. Passionnant !

Vendredi, c'est *friday wear* ! On est en pantalon décontracté, polo, mais pas détendu pour autant. À

18 heures, elle quitte l'unité client pour regagner la capitale par avion. En raison d'un retard pour mauvais temps, elle n'intègre la queue pour les taxis qu'à 21 heures. Après trente minutes d'attente, c'est enfin son tour. Le taxi slalome nerveusement dans les embouteillages. Arrivée chez elle dans le XVe vers 22 h 30, Isabelle ramasse vite fait son courrier de la semaine, puis s'affale sur son canapé devant la « Star Ac' ». Trop tard pour organiser une sortie avec ses amis.

Samedi, elle essaye de récupérer, mais doit s'occuper des tâches matérielles qu'elle n'a pas pu faire dans la semaine. Dimanche, elle décompresse, mais pense déjà à la journée chargée du lundi et à son réveil à 5 heures du mat. Pas question de se coucher tard, car demain, c'est reparti pour une semaine de déplacements à Calais et à Dunkerque.

Qu'elle le veuille ou non, Isabelle sait qu'elle doit mettre sa vie entre parenthèses parce qu'elle est jeune et qu'elle en veut ! Comme un test de résistance au froid ou au mal de mer en régate, ses premières années sont un test de résistance à la flexibilité. Les jeunes consultants adeptes de voile sont d'ailleurs souvent appréciés par les recruteurs. Enthousiasme affiché, joues roses, le cul dans l'eau froide, le consultant est heureux.

Isabelle veut bien afficher son enthousiasme. Mais pour quoi faire ? Sa situation peut changer d'un mois à l'autre. Elle peut être bien vue en janvier et mal perçue en juin. On prend en compte le dernier projet et rien d'autre.

Ce qui compte, ce sont ses performances sur sa nouvelle mission de formatrice chez Neuf Telegim. Nouveau projet, nouveau challenge, les compteurs d'Isabelle sont remis à zéro.

Et ça démarre mal. Suite à une formation de gestionnaires de paie à Rouen, la DAF[1] du site a appelé le manager d'Isa pour lui signifier que la formatrice n'avait presque pas pris en compte les spécifications du cahier des charges.

Isa reçoit un coup de fil de son manager, Jean-Philippe.

— Salut Isa, faut que je te parle. J'ai eu un mauvais *feedback* de Rouen au sujet de ta formation de la semaine dernière.

— Ah bon, mais pourtant, ça s'est bien passé. Qu'est-ce qu'ils t'ont dit ?

— Qu'ils ne te veulent plus pour la prochaine.

— Mais pourquoi ? C'est bizarre. Ils avaient l'air satisfaits.

— Bon, écoute, je n'ai pas le temps, on en reparle lors de ton éval dans quinze jours.

Non ! Ce n'est pas possible ?! C'est peut-être la DAF aigrie qui a balancé un retour négatif. Prise de court, Isa n'a pas eu le temps de se défendre.

De toute façon, le client est roi, on ne va pas chercher à comprendre et on va lui dire que c'est elle qui a

---

1. Directrice administrative et financière.

un problème. Sa cote va en pâtir. Ce qu'elle avait réussi sur sa mission précédente, tout le monde va l'oublier. D'ailleurs, le manager qui l'avait évaluée est parti chez un concurrent. À quoi bon s'investir et se déplacer toute la semaine pour se faire réprimander comme une gamine ?

Peut-être devrait-elle retourner voir Claire, une collègue consultante syndiquée[1] qu'elle a croisée quand elle venait d'arriver. À l'époque, pour elle, les syndicats étaient bons pour les cheminots. La Claire lui avait parlé de « mobilisation infinie », de « non-reconnaissance », d'« insécurité permanente ». Tous ces concepts qui lui avaient paru en décalage commencent à avoir une signification à ses yeux. Après trois ans de déplacements et sa dernière remise en cause, Isa ne voit plus les choses de façon aussi tranchée.

Par moments, elle a même envie de tout laisser tomber et se verrait bien monitrice de tennis. Mais ça fait deux ans qu'elle n'a pas touché une raquette. Ou alors même femme au foyer ! Mais il lui faut d'abord trouver un mec. Elle rigole, mais sent qu'il faut réagir. Il faut bouger !

---

1. Les cadres se syndiquent plus que les ouvriers (7,5 % de cadres syndiqués contre 5 % d'ouvriers). Mais les jeunes cadres syndiqués sont encore une espèce rare.

Autopromotion

Thomas vient de chez Atchii & Atchii. À trente-deux ans, il est embauché chez Ogilvyte en tant que responsable du marketing relationnel. Sa stratégie est très simple : contourner la difficulté à obtenir des augmentations par des sauts de puce.

Mais comment faire pour donner envie aux entreprises de vous recruter ? Thomas a tout compris. Les entreprises voient à court terme pour leurs ressources humaines. Il se fabrique une réputation fondée sur un effet de mode. Il faut être le cadre en vogue, le type à la pointe du business, et surtout le type dont on parle.

Et pour faire parler de soi, l'arme que l'on utilise pour son usage perso : les NTIC[1]. Thomas crée du buzz[2] pour les marques de ses clients, mais surtout pour sa marque à lui, Thomas, *top gun* manager,

---

1. Internet, réseau… toutes les nouvelles technologies de l'information et de la communication.
2. Faire du bruit !

spécialiste du marketing relationnel ! Un vrai plan média. Inscription sur Viaduc, Linked'in, des sites de réseaux professionnels en ligne. Blog perso dédié au marketing relationnel, qui l'aide à se vendre et à tisser son réseau. Il y commente en *live* ses dernières prouesses sur le budget Nestlaid. Sa dernière interview sur le *Journal du Net* a généré une grosse augmentation de trafic sur son blog.

Les agences sentent qu'en intégrant un produit comme Thomas, elles vont être plus vendeuses. En le recrutant, on recrute une marque, une réputation, donc on paye le *goodwill*[1]. C'est le jeu.

Mais un jeu où les agences perdent pas mal. À force de soigner son image, Thomas oublie ses clients. Chez Atchii & Atchii, il profite de son départ pour Ogilvyte en téléchargeant les *best practices* des documents auxquels il a accès, et en conservant les coordonnées de certains directeurs artistiques pour les débaucher ensuite.

D'ailleurs, petite parenthèse ironique, c'est amusant de voir que maintenant, le *knowledge management*[2] est moins en vogue dans les entreprises qui vendent du conseil en la matière. Les documents sont soigneusement cloisonnés sur le serveur pour éviter que les cadres démissionnaires ne partent avec les documents

----

1. Différence entre le prix d'achat d'une entreprise et sa valeur nette comptable.

2. Gestion des connaissances, partage des données, capitalisation du savoir.

de référence. Cela montre leur confiance en la stabilité de leurs ressources humaines…

La fidélité, c'est un sentiment ringard réservé aux cadres des années 1970-1980, qui faisaient carrière dans la même société. Pour Thomas, cette fidélité n'a plus lieu d'être. Il démissionne quand il a trouvé l'offre qui l'intéresse.

Mais ce genre de démission ne préoccupe pas tant que ça. Les Thomas sont des dommages collatéraux assez faibles dans une stratégie qui repose sur la flexibilité et le court terme. Le marché de l'emploi reste tendu. Seul un jeune diplômé sur deux seulement trouve un travail dans l'année qui suit la fin de ses études. D'où une concurrence entre les postprécaires qui cherchent à se stabiliser et la masse des postdiplômés qui a faim.

Ce n'est pas une caricature. C'est comme cela que ça se passe. La moyenne d'âge de certaines SSII ou agences de com ne dépasse pas les vingt-huit ans !

Lucas, vingt-six ans, un collègue de Thomas moins mercenaire, croit que le départ à la retraite des *baby-boomers* va libérer des places intéressantes pour des jeunes cadres comme lui. Il essaie de convaincre Thomas à ce sujet.

— J'ai lu un article dans la revue *Enjeux les Échos,* qui explique qu'avec le départ des *baby-boomers* à la retraite, les entreprises vont manquer de cadres. Attends, je te lis un passage : « Cette pénurie annoncée de cadres va permettre aux jeunes cadres d'imposer leur loi à leurs aînés. »

— Eh ! Tu ne vas pas gober ces conneries. Mon grand frère m'a raconté qu'on lui a déjà fait le coup du *papy-boom* il y a cinq ans, et il attend toujours. Tu crois qu'on fait plus de place aux jeunes dans les boîtes ?

— Bah, c'est évident, c'est mécanique. En plus, les vieux auront besoin de nous pour payer leurs retraites.

— Mais non ! Les entreprises ne remplacent pas tous les départs à la retraite. Elles en profitent pour faire du *downsizing*[1].

— Ouais, ouais, on verra bien, je te trouve bien pessimiste.

Non, Thomas n'est pas pessimiste, il a juste compris comment ça marche. Les entreprises intègrent complètement le *turn-over* dans leur gestion des ressources humaines et se gardent bien de fidéliser des compétences interchangeables.

---

1. Diminuer les effectifs.

Position démissionnaire

Mathieu bosse chez Foulsex, une Web *agency* parisienne nouvelle race, à cheval entre la pub, côté glamour, et le conseil, côté *timesheet*. L'uniforme, c'est qu'il n'y en a pas. Pas mal de mecs déguisés en Moby et de filles en journalistes apprêtées. Une légère tendance à la hausse pour les jeans, Converse, vestes en lin, et puis c'est tout. Ça fait la fête, mais pas trop. Faut terminer son pitch[1] pour demain.

Dans cette ambiance faussement décontractée, Mathieu est vraiment trop décalé. Petit à petit, son comportement va l'ostraciser.

9 h 30, Mathieu arrive dans l'*open space*, pose sa veste et adresse un « bonjour » bien appuyé à la cantonade. Deux réponses sans décoller les yeux de l'écran. Faible score aujourd'hui. Il ouvre le store car « Il fait sombre ici ! », allume son ordi et commence par checker ses e-mails. Il tombe sur un message d'Aude sa directrice de projet :

---

1. Présentation.

```
Objet : point
On peut faire un point sur Christian
Dort?
Aude
```

Il répond :

```
Objet : Re : point
OK je passe dans une heure. Je dois brie-
fer Laurie avant.
@+
M.
```

Il passe prendre deux cafés à la machine puis descend dans l'*open space* des créa : une immense salle aux
murs rouges peuplée d'écrans Mac blancs et de sièges
vides. Normal, il n'est que 10 heures, et à 10 heures les
créa dorment.

Seule Laurie est là ; elle doit partir tôt car elle habite
Neuilly-sur-Marne. Les yeux cernés jusqu'aux lobes
des oreilles, elle clique au radar sur l'Intranet pour
découvrir le projet où on l'a affectée. Mathieu lui tend
un gobelet.

— C'est avec moi que tu bosses ce matin !

— Ah, OK. Merci pour le café !

Elle se chauffe les mains avec le plastique bouillant
avant de le boire.

— Alors, Nestlaid, hier soir ?

— Laisse tomber. Émilie [la chef de projet] m'a trop soûlé, elle se prend pour une DA.

— Émilie, c'est le style artiste frustrée. T'as vu le temps qu'elle met pour faire ses PowerPoint ?

— Ouais, elle est grave.

— Bon, entre nous, les choses vont être plus simples, je t'ai fait un e-mail qui récapitule tes tâches.

Son brief terminé, Mathieu retourne à son bureau, *booke* deux trois ressources, passe deux trois coups de fil et balance deux trois vannes à Marina, toute crispée devant son écran.

— Souris, miss. Si le client n'a pas sa propale aujourd'hui, le CAC 40 ne va pas s'effondrer !

Pas de réponse.

Il passe voir Aude, sa n+1, une canette de Black Coke à la main. Il lui claque la bise et s'affale en face d'elle dans son petit bureau cloisonné, où il fait toujours aussi chaud car elle adore quand il fait chaud.

— Ça va ?

— Ouais et toi ? Bon alors ! On en est où sur Christian Dort ?

— Bah, disons que tout roule, sauf le design. On dépasse.

— Bon, OK, mais là, faut que tu serres le planning, car sinon je ne pourrai plus te couvrir.

Midi, Mathieu croise Blanche, une consultante en tailleur rouge, broche dorée, cheveux tirés, style IIIe République.

— Tu déjeunes avec nous ? On va à la pizzeria avec Émilie et François.

— Non, désolée, faut que je termine un devis que je dois envoyer avant le déj'.

Ouf ! Esquivée la Blanche. Les trois ensemble, c'est la mort du petit cheval ! Ils parlent tout le temps de boulot.

C'est tout de même plus sympa d'aller bouffer avec ses potes collègues habituels à la brasserie portugaise et son menu carottes râpées, brandade.

Après-midi passé sur les dernières actualisations d'Airpus Bourlet. Il reçoit deux coups de fil entre-temps. Le premier de Marina, petite nana timide qui vient d'être promue DP (directrice de projet).

— Allô Mathieu ?

— Salut, Marina, ça fait longtemps. Ça va ?

— Et toi ?

— Tu ne m'as pas répondu.

— Comment ça ?

— Je t'ai demandé si tu allais bien…

Ça étonne. Il est bizarre, ce Mathieu.

Claire, sa directrice de projet sur Klups et Airpus :

— Mathieu, t'as fait le scénario pour la partie « News » de Klups.com ? C'est pour hier.

— Non, c'est pour jeudi !

Ça agace. Il n'est pas facile, ce Mathieu.

Le reste de l'après-midi, travail sur Airpus. Ça consiste à prendre les communiqués en anglais des journalistes américains basés à Washington et à les déposer sur le site grâce à l'outil de gestion de contenus. Il aime bien dire à tout le monde : « Un truc d'abruti. Je leur coûte 700 euros par jour pour faire des copier-coller. Méga valeur ajoutée de Foulsex, les mecs ! Heureusement que je suis cadre ! »

Ça détonne. Il est provoc, ce Mathieu.

Le lendemain, il arrive à 10 heures et voit un e-mail collectif de Claire :

```
Messieurs,
Pour des raisons évidentes d'efficacité
et de disponibilité, je vous demande
dorénavant de venir tous avant 9 heures
le matin. En ces temps de réponse aux
appels d'offres et de livraisons, il est
important que tout le monde se mobilise.
Claire E.
Manager Professional Services
Intranet & Communications
```

Il répond à chaud en « Reply all » :

```
C'est sympa de venir parler à chacun
d'entre nous pour des problèmes aussi
importants. Vive le management person-
nalisé et humain !
Mathieu D.
Consultant CRM
```

Mathieu a signé son arrêt de mort.

Jouer les confidents des créa sur les chefs de projet casse-couilles, répondre de façon décalée, contester le caractère urgent de certaines demandes… pas très *corporate* tout ça !

Mathieu prend au pied de la lettre le côté *No limit* de Foulsex, où on joue au baby-foot à la K-fête, où on fume des clopes dehors avec les managers et où on hurle « Fait chier ! », quand le client fait chier (une fois qu'on est sûr d'avoir bien raccroché).

À force de jouer, son nom est évoqué en comité de direction. Le président Daniel H. met les pieds dans le plat :

— Dans tes indicateurs, Christophe, j'ai vu des personnes sous-staffées[1] comme Mathieu et Chloé. T'expliques ça comment ?

— Pour Mathieu, il paraît que c'est difficile de bosser avec lui.

— C'est quoi votre sentiment là-dessus ?

— Disons qu'il est imprévisible, dit Marina.

— Moi, je dirais que par moments il est carrément pénible, ajoute Patrick. Impossible d'avoir une réponse claire, sans se prendre un Scud.

— Avec moi, ça va. Il est autonome. Il gère, complète Aude. Mais c'est vrai qu'il lui arrive d'être *border line*.

— Bon ! OK. Débrouillez-vous, mais sachez qu'on n'offrira pas de licenciement cette année, conclut Daniel.

Résultat du comité, plus personne ne staffe Mathieu, sauf Aude sur Christian Dort, mais un jour par semaine

---

1. Sous-utilisées.

maxi. Ou plutôt si, il est staffé, mais sur des projets aléatoires pour juniors. Claire lui donne l'actualisation du site Autoroute de Navarre, le projet que tu ne mets pas sur ton CV !

Sous-staffé, c'est cool ! Ça permet d'aller à la piscine entre midi et deux et de partir à 19 heures au plus tard.

Mais à la longue, le décalage avec les collègues est chaud à gérer. À la K-fête, il détonne avec ses « Vous n'allez pas parler boulot pendant la pause ».

— Désolé, on a un métier, nous ! lui répond Émilie, une petite blonde, publicité vivante pour Charnel.

À chaque fois, il se vante de battre le record de nombre de jours inoccupés de l'agence quand il remplit ses feuilles de temps. Mais c'est une posture.

Quand il passe dans le couloir des salles de réunion, Mathieu aperçoit Patrick, Clara et Olivier en plein *brainstorming*, à travers les parois transparentes du salon Vert. « Bizarre, d'habitude, on me propose de venir. »

Plus tard, il croise Virginie qui lui dit :

— Dépêche-toi ! La réunion Nestlaid Gériatrie va commencer en salle Jaune.

— Quelle réunion ?

— Mais t'as pas eu l'e-mail de Daniel ?

— Non, je n'étais pas dans la boucle.

Une mise au placard donc. Mais un placard *high tech* avec alternance de petites tâches à la con et de longues périodes sans rien à faire.

Le plus dur, c'est l'ennui. Ces dernières semaines,

Mathieu est payé à rien foutre. Alors, il surfe. Suivi compulsif de l'étape du Tour, en actualisant toutes les trente secondes, préparation de sa soirée en regardant les programmes télé sur Téléstar.fr.

À chaque nouveau message sur sa boîte mail, il se précipite pour l'ouvrir. Mais c'est souvent une newsletter d'info sans intérêt.

Il passe à la K-fête quatre fois par jour et, en fin de journée, regarde l'horloge de son écran toutes les cinq minutes…

Il envoie un petit e-mail à son pote Tarek :

```
Je t'avais dit au resto la semaine der-
nière que je croyais pouvoir me détacher
de ma situation, mais en fait ça me
bouffe grave.
Pas un hasard si je suis malade depuis
trois semaines et que j'ai tout le temps
mal au ventre ; je prends de l'ultra-
levure pour soigner mes parois intesti-
nales bouffées par la corrosion du
stress. Le matin, je flippe à mort d'ou-
vrir mes e-mails. Chaque fois, c'est une
giclée d'acide et je vais aux chiottes. En
ce moment je n'y arrive plus, rien que de
faire un pauvre devis, c'est insurmon-
table. Surtout, je n'en peux plus d'at-
tendre. Par moments, j'ai envie de tout
balancer et de partir très loin.
```

Tarek l'appelle une heure après :

— Vu ton mail, faut que tu te barres, tu vas te griller à petit feu sinon.

— Ouais, mais je ne partirai pas à poil. J'ai droit à des indemnités.

— T'as vu le marché du travail ?

— Je sais. Je refais mon CV…

— Tu m'avais déjà sorti ça il y a trois mois ! Il faut se bouger le cul mec !

— Oui, mais en ce moment, je me sens vidé. Je n'y arrive plus. D'habitude je suis plutôt dynamique comme mec.

— Je ne sais vraiment pas quoi te dire. Passe prendre l'apéro ce soir.

Mathieu n'y va pas. Ça caille dehors, et sa barquette Picard « 6 minutes » de cannellonis-jambon tourne dans son micro-ondes. Sa copine n'est pas là de la semaine. Alors ce soir, il se déprave dans la célib attitude. Plateau-télé avec match, puis zapping jusqu'à minuit pour mater le film de cul sur le câble. Une fois qu'il a eu sa dose, il s'endort poisseux et glauque.

Bosser en étant désinvesti, c'est comme être divorcé tout en demeurant sous le même toit. Ça affecte sur le plan perso, et ça risque de dégénérer sur le plan pro. Ici, ça vire au *mobbing*[1].

En gros, du harcèlement suffisamment anodin pour

---

1. Pression exercée par la foule ou un groupe de collègues sur l'un de ses membres.

rester légal. Des petites phrases, des agressions ver-
bales.

Comme il dépose trois enveloppes dans la bannette
«Départ» du courrier à côté du standard, Daniel lui
décoche :

— Pas besoin de vérifier que ce n'est pas perso !

— Tu peux vérifier si tu veux, répond Mathieu.

Il ne vérifie pas. Heureusement, c'était bien du
perso.

Gabriel passe dans l'*open space*, s'approche à hauteur du bureau de Mathieu et lui balance :

— Salut, toi ! Dis donc, il paraît que tu ne fous rien
en ce moment ?

— Si, je suis à fond. Et toi ?

Ironique, mais suffisamment anodin pour rester
légal… Gabriel s'en va sans répondre.

Mathieu sait qu'il est en danger. Démarre alors la
phase de parano. Fini le surf sur Équipe.fr. Il se dit
qu'on peut l'accuser d'usage perso d'Internet. Par pru-
dence, il classe ces e-mails échangés avec Tarek dans
un dossier «perso». Pour se protéger, il rassemble les
e-mails de satisfaction du client, et, surtout, il fait appel
à une avocate conseil, Catherine, de chez Partners' &
Partner, qui a permis à un très bon pote de chez
CapCefini d'obtenir huit mois de salaire.

Ça arrive plus vite qu'il ne le pense. Alain, le directeur du multimédia, le convoque.

— Écoute. Il y en a marre de toi. Claire ne veut
plus travailler avec toi. Gabriel se plaint de ton caractère.

— Je croyais que l'important, c'était de satisfaire le client, et pas forcément de plaire à tel ou tel collègue ?

— Tu te fous de moi ! Ce n'est pas toi qui définis les critères, mon vieux. Si tes collègues ne veulent plus bosser avec toi, c'est que tu dois être mauvais.

— Écoute, Alain, je te respecte, mais si tu mets cinq ans pour te rendre compte que tu gardes un mec mauvais, c'est que t'es vraiment mauvais.

— Attends, qui t'es, toi ? Tu vas voir ! On va te trouver un petit licenciement vite fait. (Il compose le numéro abrégé de la DRH en frappant les touches comme un sourd.) Dis à Sandrine de passer dans mon bureau dès qu'elle revient.

Deux minutes d'entretien et c'est gagné. Mathieu a su faire cracher à Alain qu'il allait être licencié. Mais la violence de l'échange était inouïe. « À un moment, j'ai cru qu'il allait m'en coller une. J'ai déconné ! Vite, il faut que j'appelle Catherine », se dit Mathieu qui ne réalise pas encore.

— Oui, Mathieu ? (…) J'ai eu votre message. Ça a bien avancé, dites-moi ! Laissez-les venir maintenant. C'est à eux de vous faire une offre puisqu'ils ont dévoilé leur intention.

Mathieu est effectivement convoqué par Sandrine, la DRH, deux jours après.

— Alors voilà, on te propose un licenciement pour faute grave avec trois mois. Ça te donne les Assedic, tes congés payés et ton solde de tout compte.

— Mais je n'ai pas commis de faute.

— T'inquiète pas, on trouvera bien quelque chose pour faire un montage.

Il en parle à Catherine (l'avocate).

— Leur offre, c'est le strict minimum pour n'importe quel licenciement. N'oubliez pas que vous n'avez pas commis de faute.

— J'ai tout de même droit aux Assedic. Et je veux en finir.

— Je vous conseille de demander un peu plus pour vous laisser une marge de négo. Sachez qu'avec votre statut de cadre, vous avez le droit à trois mois de préavis plus trois mois d'indemnités d'ancienneté.

— C'est ça que je veux.

— Alors, demandez dix.

— Euh… OK, merci, Catherine.

Mathieu fait sa contre-offre de dix mois à Sandrine. Trois semaines passent sans que rien ne bouge. « Mais qu'est-ce qu'ils foutent ? Si je leur demande, c'est grillé. Ils vont me faire passer pour celui qui cherche à partir. » Catherine a insisté sur un point hier : « N'oubliez pas que ce sont eux qui demandent votre départ. Ne les laissez pas inverser les rôles et continuez à venir travailler sereinement. »

Bras de fer psychologique hyperéprouvant. Ses échanges avec Alain ont fait le tour de la boîte. Il n'est plus le vilain petit canard, mais carrément le pestiféré. Le gars qu'on évite, ou qu'on regarde d'un air navré.

Le spectre, c'est Fanny, la fille qu'ils ont laissée pourrir un an de bureau en bureau au gré des déménagements sans rien faire. Obligée de faire acte de présence, mais, sans boulot, elle a fini par craquer et partir d'elle-même.

Ça finit par bouger, mais pas comme prévu. Alain apostrophe Mathieu par son nom de famille à travers le couloir :

— Desmartins ! Viens par là, s'il te plaît. Il paraît que tu ne veux plus bosser. Eh bien, là tu vas bosser pour Patrick, un *top gun manager*. Une reco[1] CRM[2] à rendre pour lundi.

Mathieu est hyperénervé de cette comédie.

— C'est n'importe quoi, Alain ! Tu me parles de boulot alors qu'on est en phase finale de négo de licenciement.

— Ta proposition est tellement exagérée que c'est comme si elle n'existait pas.

— C'est complètement dingue. C'est vous qui avez voulu que je parte !

— Eh bien, on a changé d'avis. On est devenus fous, mais on s'est dit qu'on allait réussir à te faire travailler.

— Mais j'ai perdu tous mes neurones ! Je suis devenu lent, mais leeeent !...

— Eh bien, tu vas les réactiver, mon vieux.

— Bon, on va rester rationnels. Je viens de vous faire une autre proposition hier. Je te demande de partir sur cette base-là et on en termine.

---

1. Diminutif de recommandation. Voir Glossaire.
2. *Customer Relationship Management*, traduit en français par Gestion de la relation client.

Ils signent. Alain peut se gargariser d'avoir gagné quatre mois. Et Mathieu s'en sort.

Mais tu parles d'une victoire ! Un an à jouer le mec heureux d'être inoccupé, six mois de négociation de départ qui lui ont coûté plusieurs gastro, des cheveux poivre et sel, des honoraires d'avocat et une psycho-thérapie. Et le voilà, chômeur, à vingt-huit ans, pour une durée indéterminée.

Pauvre, comme job

Objet : Au secours coach Fatima
Salut Fatima,
Je sais que t'es sous l'eau, mais j'ai vraiment besoin de toi ! Je stresse à mort ! ! !
J'ai un entretien vendredi chez Airdirect, une agence de marketing direct dans le luxe, et je ne le sens pas !
C'est mon premier entretien en six mois dans le marketing sur une centaine de lettres ! Je t'assure, je n'en peux plus !
Le problème, c'est que depuis mon CDD chez Herpès je bosse plus. Pas de façon fixe en tout cas. J'ai maquillé mes boulots d'hôtesse en événementiel luxe. C'est passé apparemment. Je stresse pour demain ! J'aimerais bien que tu me coaches un peu !
Call me quand tu peux.
bizzzz
Nadège

La veille de son entretien, Fatima l'appelle du cabinet d'avocats Paul & Simon Associates, où elle travaille :

— Alors, ma puce. C'est demain ?

— Eh oui… Sympa de m'appeler !

— T'es malade ou quoi ? C'est normal. On se retrouve à dîner ce soir ?

— Pas de problème. Où ça ?

— 21 h 30. Au jap habituel près des Champs. Avec leur entrée aubergine.

21 h 45, Fatima arrive avec son casque, à la bourre.

— Salut, ma chérie ! Alors, comment tu te sens ?

— Je stresse.

— Faut que t'y ailles winneuse. Un profil senior[1] spécialisé luxe, ça ne court pas les rues. T'es plus une jeune diplômée.

— Facile à dire, je ne vais pas me transformer en *working girl* d'un coup de baguette magique.

— Déjà, t'as le look. Toujours à la mode. Il est super, ton sac. Tu l'as trouvé où ?

— Merci ! Chez Clementina Duck ! Je viens de l'acheter !

— Dis-toi qu'ils ont besoin de toi autant que toi tu as besoin d'eux. Inverse les rôles.

— Et s'ils me demandent combien je gagnais ?

— Bah, là, faut pas improviser.

— Oui, mais le problème, c'est que je n'ai bossé que sur des missions ponctuelles.

---

1. Nadège a trente-deux ans. En agence, elle est déjà un peu senior.

— Pas grave. Parle de ce que tu gagnais chez Herpès.

— J'étais à 1 800 bruts.

— Ah ! Ça fait pas bézef. Bon, ce n'est pas grave, dis-leur 35 K€. À moins, t'es pas crédible.

— Tu crois ?

— T'inquiète, ils ne vérifient jamais. Ensuite, ils vont te demander tes prétentions salariales. Si tu leur demandes le salaire d'une débutante, t'es foutue. Faut pousser jusqu'à 40 K€.

— T'y vas peut-être un peu fort, là, non ?

— On parie ? Si tu ne demandes pas assez, t'auras l'impression d'être flouée, alors que c'est toi qui te seras sous-estimée. Tu bosses dans le luxe, non ! Tu te souviens de la pub ? « Pas assez cher, mon fils ! »

— Merci, coach Fatima.

Juste après l'entretien, Nadège rappelle Fatima :

— Alors, ma chérie, ça s'est bien passé ?

— Oui, pas mal, ils me donnent une réponse à la fin de la semaine.

— Et côté pépettes ?

— Pour mes prétentions, j'ai donné une fourchette de 30-35 K€.

— Pas plus ? J'étais sûre que t'allais te dégonfler. Et alors ?

— Ils m'ont dit que ça serait autour de 31 K€.

— Bah oui, la partie basse de la fourchette.

Finalement, Nadège est prise à 32 K€. Ce boulot

« stable » en agence lui permet de passer de sa loge à un studio de 25 m² à Marcadet.

Un mercredi soir, détente à l'agence. Comme tous les premiers mercredis soir du mois. Charles-Édouard, le président d'Airdirect, a décrété que l'agence devait se déconnecter. Les ordis sont en veille. « Si t'as une urgence à régler, passe ton coup de fil dehors. »

Toute l'agence se rassemble pour un cocktail interne dans la salle de réunion, conçue comme un salon parisien. Dans cette atmosphère de *Cuisine et dépendances*, Catherine, sa directrice, confie à Nadège que Sophie gagne 3 K€ de plus qu'elle avec cinq ans d'expérience en moins.

Elle n'en parle pas à tout le monde, c'est dévalorisant, mais seulement à Stanislas, car ils se disent tout :

— Putain, je suis dégoûté. Je gagne moins que Sophie.

— Laisse tomber. Personne n'a été augmenté depuis deux ans. Et deux années blanches, ça fait mal. Ce qui compte, c'est le salaire d'entrée.

— Attends, moi je ne reste pas avec ce salaire. À trente-deux ans et un master de marketing, je suis carrément en dessous du marché.

— Marché ? Quel marché ? T'es la femme de Casimir ou quoi ? Le marché, ça ne veut rien dire. Les diplômes, ça aide, mais plus comme avant. T'as plus de salaire correspondant à tel diplôme, à part le top du top genre l'X, ou HEC. Et l'ancienneté, ça compte encore moins.

— Alors, comment je fais pour gagner plus ?

— Tu travailles plus pour gagner plus. Non, je déconne, barre-toi et revends-toi plus cher.

«Faut que j'en parle à Catherine», se dit Nadège. Elle se rend dans le bureau des directeurs de projet.

— Catherine, comment ça se passe pour les éval? Ça fait bientôt un an que je bosse chez Airdirect et je n'ai toujours pas été évaluée.

— Ce n'est pas moi qui t'évalue, c'est Charles-Édouard qui donne son retour sur chacun individuellement. Il y tient beaucoup.

Elle demande donc à Charles-Édouard.

— Bien sûr! Pas de problème, Nadège. On voit ça mi-décembre quand ton projet est terminé. Mais tu sais, tu peux passer me voir quand tu veux. C'est toujours un plaisir.

Mi-décembre, elle demande à la DRH quand Charles-Édouard revient. «Ah, mais il est parti trois semaines à Avoriaz. Il n'a pas pu s'en occuper avant.» Trois semaines, dans le baba.

Elle en discute avec Stanislas.

— Je n'ai toujours pas eu mon éval.

— Moi non plus. On ne sait pas à qui ils vont filer des primes cette année. En tout cas, Ludovic, il en mérite une. Il s'est arraché sur Polo.

— C'est bizarre, à chaque fois qu'on parle des primes, Sophie ne dit rien.

— Moi, je sais, quand j'étais chez Carré Soir, le mec m'a filé 1 500 euros de prime et m'a dit: «N'en parle pas aux autres. Considère ça comme une erreur de gestion…» Je peux te dire que j'ai fermé ma gueule.

Dans l'agence, tout le monde finit par se méfier. Chacun pense à sa gueule. Nadège tente un coup de poker en appelant directement Charles-Édouard :

— Qui me parle ?

— C'est Nadège !

— Oui, qu'est-ce que tu veux, Nadège ?

— J'ai lu dans *Elle* que je devais avoir des rentrées financières. Tu vois ce que je veux dire ?

— Écoute, Nadège. Sache que je pense à toi.

— Tu penses à moi ?

— Oui, je pense à toi.

Les primes, tout le monde en parle… mais après, on n'en parle plus. En avril, le sujet est oublié. Nadège renonce même à l'idée d'être évaluée.

Mais l'impact sur le boulot est direct. Nadège quitte le bureau plus tôt. Finis les coups de bourre, ça attendra demain. « Si un associé me reproche mon manque de motivation, je sais quoi lui dire. C'est vrai, pourquoi je me crèverais ? » Avant, elle ne disait jamais ça.

Faut quand même continuer à livrer. Organisation de la Louis Vison Classic, Bal Care de Christian Dort à Deauville… Un 24 avril, le lendemain de son anniversaire, Catherine vient la voir :

— Charles-Édouard veut te parler.

— Qu'est-ce qu'il me veut ? Encore me parler du Bal Care ? Ça fait deux fois que je lui renvoie la prés[1].

Nadège entre dans le bureau de Charles-Édouard.

—————

1. La présentation.

Les deux autres associés sont aussi présents. Nadège est assez impressionnée.

— Bon, on voulait te parler hier soir. Il était 18 h 10, et t'étais déjà partie !

— Désolée de rentrer plus tôt le jour de mon anniversaire !

— Gérard, Séverine et moi avons décidé d'un commun accord de te donner une prime de 1 500 euros.

— 1 500 € bruts, précise Séverine.

— Et vous avez calculé ça comment ?

— Selon l'implication, le niveau de salaire… il a fallu faire des arbitrages.

Nadège n'arrive même pas à sourire, ni à faire semblant.

Les associés ont réagi, mais n'ont pas anticipé. Nadège était prête à s'investir, mais voulait juste qu'on reconnaisse son travail. Ils ont déjà perdu trois personnes l'année dernière pour des histoires de primes.

Nadège sait qu'elle peut sauter en fonction du carnet de commandes. Elle veut du donnant-donnant. «Je m'investis, je prends des risques avec vous, alors, partagez le fruit des risques avec moi.» C'est aussi simple que ça.

Du coup, comme beaucoup, elle fait la politique de la toile cirée. Merci pour la prime et démission sans prévenir. Ne parlons plus d'implication sans parler pognon. Je m'implique, je m'intéresse parce que je suis intéressée financièrement au projet de mon entreprise.

« T'es consultant ? Ouah, c'est génial ! »

Curieux, ces jeunes qui en ont « ras la cravate ».
D'ailleurs, ils ne la portent même plus. Travailler
devrait les rendre heureux. Ils ne se rendent pas
compte de la chance qu'ils ont. Bah, c'est la jeunesse,
« un passage, une maladie dont on guérit[1] ».

Ils se sentent d'autant plus seuls dans leur doute
que tout le monde leur dit qu'ils font un boulot
super. Audit, conseil, Internet... des secteurs qui en
jettent. Image prestigieuse bien entretenue par les
entreprises, qui évoquent sans cesse des « perspectives
enrichissantes », des « évolutions à l'international »,
des « challenges permanents ».

Au début, Ludovic veut bosser pour une boîte française en Amérique latine. Ce rêve le poursuit depuis
son année au Chili à la Universidad Católica et son
stage à la Coface au poste d'Expansion économique de
Mexico.

À chaque fois qu'on lui demande ce qu'il veut faire

_____

1. « L'état de jeune, c'est un passage, une maladie dont on
guérit », Laurence Parisot, *La Tribune*, 16 janvier 2006.

après ses études (IEP Strasbourg et DESS « affaires internationales » à Dauphine), il répond « travailler à l'international avec l'Amérique latine ». Il tente sa chance en envoyant des dizaines de lettres à dès boîtes implantées à l'étranger (entreprises du CAC 40 et grosses PME), avec toujours le même argumentaire :

« Ayant une bonne connaissance de la culture et des mentalités latino-américaines, je souhaiterais vous apporter mes compétences pour le développement de vos activités en Amérique latine. »

Avec cet objectif aussi vague que naïf, il n'obtient que trois entretiens en cinq mois. Le premier chez Pointreaunympho le fait réatterrir direct !

— Mais vous cherchez autre chose qu'un poste à l'international ?

— Non, je suis hypermotivé pour travailler en Amérique latine.

— Je dis ça pour vous faire gagner du temps. Aucune entreprise n'envoie de jeunes diplômés à l'étranger à part en VIE[1]. Il faut un peu d'expérience en interne. Et les postes d'expatriés se font de plus en plus rares.

Ludovic regarde alors les grosses agences de conseil, qui recrutent pas mal et qui demandent, comme Ernst & Arnold, « une expérience de travail dans un environnement international » et une « mobilité à l'international (déplacements probables en Europe) ». « C'est

---

1. Volontariat international en entreprise pour les jeunes de 18 à 28 ans avec des missions d'une durée de 6 à 24 mois.

mon profil, ça ! Avec eux, j'aurai peut-être des possibilités de bouger. Puis c'est le conseil, ça mène à tout. Il paraît. »

Il arrive au quatrième entretien chez Ernst & Arnold avec un directeur de projet :

— Sinon, vous vous voyez travailler sur des projets liés aux systèmes d'information ?

— Euh… pourquoi pas ?

— Ça ne vous rebute pas, la technique ?

— Non. J'ai plutôt un profil généraliste, mais je peux apprendre.

« Cool ! Je pense avoir fait bonne impression. Bon, c'est vrai, il n'a pas trop rebondi sur les questions liées à l'international. Et puis ça m'inquiète, cette question sur la technique servie juste à la fin. »

Il comprend mieux lorsque, à ses débuts, on l'envoie suivre une formation éclair au progiciel Oracle-Odésespoir à la Défense, et qu'on le staffe direct sur un projet d'intégration SIRH paie chez PinetStress, une société de nettoyage industriel.

Après sa formation, prise de contact par téléphone avec le chef de projet :

— Oui. Bonjour, c'est Ludovic D. J'intègre ton équipe demain.

— OK. Rendez-vous à l'accueil à 9 h 30.

— C'est où, PinetStress ?

— Tu prends le RER B jusqu'à Villepinte, puis le bus 173. Tu descends au quatrième arrêt.

Ludo est directement mis dans le bain du technique :

— Salut, Ludovic. Ça va ? Ta formation s'est bien passée ?

— Oui, oui, c'était dense, mais globalement, ça a été.

— T'as bien imprimé la partie paie ?

— Oui, reste plus qu'à mettre tout ça en pratique !

— La première semaine, t'es en *shadow*[1]. On fait un point dans quinze jours.

— OK, pas de souci.

Ludo monte vite en compétences sur les règles de paramétrage. Il se perfectionne grâce à l'expert David, six mois de paramétrage chez Accenpelure :

— Hé, David ? Quand je mets « Contribution exceptionnelle patronale », ça ne rentre pas. Je fais comment ?

— Je mettrais « Contrib. Exception. Patron ».

— Canon ! Ça rentre !

De plus en plus passionnant ce métier. Ludo s'applique. Regardons-le à l'œuvre : « Voilà… Je saisis la bonne description : déduction ASSEDIC. Pas plus de dix-huit caractères ! Ouf, cette fois, ça tient. Il y en a seize, enfin dix-sept avec l'espace. »

Le chef de projet vient aux nouvelles :

— Ça va, Ludo, t'avances bien ?

— Oui, ça dépote. J'ai créé dix gains ce matin.

— Lundi, tu déménageras dans la petite salle, car il

_____

1. Le client ne doit pas voir Ludo car il n'est pas encore formé, donc pas encore facturé.

me faut un poste pour caser un consultant *free lance* qui vient bosser avec nous sur la GA[1].

Ludo est entouré de quatre collègues pas trop jeunes cadres dynamiques. Gérard, quarante ans, vingt ans de développements «jamais sans son casque», Nigel, un Yankee, expert GTA[2] parlant à peine français, et Marie-Rose, une Indienne introvertie qui fait la traduction et du code aussi. Heureusement, il y a Laurence, une petite Québécoise *free lance*, experte fonctionnelle en GTA, qui met un peu d'animation. Tabernacle !

Dans cette cellule de paramétrage, son Amérique latine est bien loin.

Pour déjeuner, c'est vite vu, il y a le choix entre la brasserie de Tonio, et la cafèt' d'Usine Center.

— On bouffe où, ce midi ? demande Ludo à David.

— Au centre commercial, je dois m'acheter des chemises classe… Mais non, je déconne !

— En fait, c'est pas idiot, faut que je passe au Décathlon m'acheter des *running*.

— Tu cours, toi ? Tu te la joues « je prépare le marathon de Paris » ?

— Non, mais faut que je me défoule, j'en peux plus de rester planté toute la journée derrière l'ordi.

L'aprèm, séance de création de gains de paie. Primes de chantier, de panier, primes exceptionnelles… Toujours la même manip : Ludo ajoute une nouvelle

---

1. Gestion administrative.
2. Gestion des temps et activités.

valeur, l'enregistre, et alimente l'accumulateur correspondant.

Lorsque Ludo sort du loft à 20 heures, il fait déjà
nuit noire sur le parking de PinetStress. Il a la tête
comme une pastèque et un imaginaire très pauvre. Son
cerveau vide le fait avancer de façon mécanique jusqu'à
la station de RER. Une bulle d'inconscience totale.

Il a la tête ailleurs, la tête que tout le monde fait
dans les transports en commun et que tout le monde
déteste chez les autres.

À l'appart, il retrouve sa copine Virginie.

— Salut, petite jaje. T'as passé une bonne journée ?

— Très bonne, j'ai lancé un débat sur la peine de
mort ! (Elle enseigne le FLE[1] à Nanterre à des étran-
gers de toutes les nationalités.)

— Ouh là ! Le sujet polémique à ne pas sortir ! Et
ça a donné quoi ?

— Chaud ! Surtout entre Serguei le Russe, pro-
Poutine, et Aslan, un Tchétchène !

— Hyperintéressant ! Moi, j'ai fait que des trucs
abrutissants aujourd'hui.

— Tu ne peux pas demander à faire autre chose ?

— Non. Ils m'ont formé. Faut me rentabiliser maintenant. Mais t'imagines pas à quel point c'est chiant.
Je ne pensais pas tomber aussi bas.

— Remarque, à force de toucher le fond, tu vas
peut-être trouver du pétrole !

— Ça te fait rire ?

---

1. Français langue étrangère.

— Oh ! je rigole. Détends-toi.

Pour évacuer, Ludo se rabat sur la télé et zappe dans le vide. Il est 1 h 15. Sa copine dort. Lui réfléchit. À la pauvreté de sa journée... Je travaille pour qui, pour quoi ? Pour qu'une application puisse traquer le travail des agents vitres ? Pour optimiser la marge d'une société de nettoyage ?

Les gens veulent donner leur vie pour quelque chose. Moi, je donne tout mon temps à un système de paie dans une ZAC du nord de Paris. Il est bien loin, mon paradis perdu de l'Amérique latine.

Faut relativiser. J'ai la chance d'avoir un boulot, c'est déjà ça. « Allez, c'est pas si terrible. On rigole bien avec David et la Québécoise chez Tonio. »

Ça tombe bien, en fin de matinée, PinetStress organise un pot pour fêter la fin du livre blanc.

« Nous avons relevé tous ensemble ce premier challenge. Sans vous rien n'aurait été possible. Je tenais à remercier de vive voix chacune et chacun d'entre vous. En continuant à travailler en synergie, nous gagnerons tous ensemble », déclare le directeur de projet client, un brin pontifiant.

David, Ludo et Laurence rigolent avec Stéphanie, une jeune stagiaire « mimi comme le jour » :

— Oh ! Tabernacle, Stéphanie ! Méfie-toi de Ludo et de David ! Ils ont de la mine dans le crayon, ces lascars ! Chez moi, au Québec, on dit ça des hommes qui ont un gros appétit sexuel.

Stéphanie rougit.

— T'inquiète, je sais me défendre.

On se marre, on se marre, mais ça lasse. Depuis quatre mois, neuf heures par jour, Ludovic crée un gain, puis une déduction, puis un gain, puis une déduction… Son blues reprend. La Québécoise, la brasserie de Tonio, les cases à remplir, la ZAC de Paris-Nord II… il a l'impression de tourner en rond.

À part avec sa copine, Ludo a du mal à exprimer son ressenti sur son travail. Le sujet reste tabou, car un cadre doit forcément adorer son travail. Difficile pour lui, par exemple, d'aborder la question avec ses parents. Sa mère, prof de physique, en est restée à l'image d'Épinal du jeune cadre dynamique. Joli costume, dents bien blanches, entreprise prestigieuse, son fiston, ça le fait pour elle. Une belle carte de visite en vitrine auprès de l'entourage :

— Il fait quoi, ton fils ? lui demande une copine.

— Il est consultant chez Ernst & Arnold, une boîte prestigieuse.

— Mais c'est quoi, son boulot ?

— Il donne des conseils à des entreprises.

— Mais des conseils sur quoi ? C'est son premier boulot.

— Tu lui demanderas. Et ton grand, il en est où ?

— Il galère en stage à vingt-huit ans alors qu'il est bac + 5.

Dès que Ludo veut parler du contenu de son travail, sa mère décroche. Ça ne l'intéresse pas :

— Écoute, mon chéri, je n'y comprends rien de toute façon, pour moi, t'es cadre et puis c'est tout.

— Laisse tomber, tu ne veux pas faire d'effort.

— Parles-en à ton père.

Son père saisit la conversation :

— Ah ! ça y est, Ludo, tu ne vas pas recommencer à te plaindre. T'as un salaire, t'as un boulot, qu'est-ce que tu veux de plus ?

— Je voulais juste t'expliquer ce que je fais concrètement pour que t'arrêtes de mythifier le boulot de consultant.

— Faut arrêter de rêver, mon grand, t'as plus vingt ans. Tu pourrais être au chômage comme ton cousin, alors, relativise un peu !

Pas la peine d'insister. À chaque fois, ses parents décrochent.

En sortant, il appelle Lolo, sa grande sœur psychiatre. Peut-être qu'elle au moins sera plus réceptive. Il lui balance tout, le paramétrage, la routine… « Je suis sur le cul ! Je pensais que t'avais des responsabilités. Que tu manageais des équipes. Comme tout cadre, quoi ! »

« Cadre ? Cadre de quoi, de qui ? On est tous cadres dans ma boîte, à part la standardiste et une comptable. J'ai plutôt l'impression d'être encadré dans ma petite cellule de paramétreur fou ! Un tout petit périmètre d'action et aucune visibilité sur l'avancée du projet en général, et encore moins sur les activités de ma boîte », se dit Ludovic.

Ce soir, il va à une soirée pour l'anniversaire de son pote Jérôme. En célibataire, sa copine est partie une semaine à Toulouse voir ses parents.

En fin de soirée, une petite brune pas mal foutue vient lui parler :

— Tu fais quoi dans la vie ?

— Je bosse dans le conseil.

— Ouah ! Génial ! T'es consultant ?

— *Yes.*

— Consultant en quoi ?

— Euh… (il baisse la voix) en systèmes d'information.

— Tu dois être balaise en informatique alors ?

— Non, pas du tout. Je n'y connais rien à la technique. J'ai fait des études de sciences politiques.

Ça lui a collé une claque. « Je ne supporte plus qu'on m'étiquette "informaticien". Y a des gens que ça passionne, mais moi, je ne veux pas faire ça. Je ne veux plus. »

Faut que je passe à l'action. Premier réflexe : actualiser le CV. « Ça fait longtemps que j'aurais dû le faire. » Ensuite, les offres d'emploi sur Internet. Il fait une recherche de boulot sur Cadreemploi.fr avec pour seuls critères région « Île-de-France » et « CDI/CNE ».

Commercial h/ f	Distribution	France entière
Contrôleur de gestion h/ f	Distribution	Hauts-de-Seine
Chef de mission audit h/ f	Cabinet d'audit	Paris

Architecte chef de projet	Maîtrise d'œuvre (b. e. t. arc)	Île-de-France
Maîtrise d'œuvre (b. e. t. arc)	Microélectronique Paris Sud (30 minutes)	Île-de-France
Responsable contrôle de gestion h/ f	Microélectronique	Paris Sud (30 minutes)
Chef de projet maîtrise d'œuvre Pilote opc	Maîtrise d'œuvre (b. e. t. arc)	Île-de-France (75)
Responsable juridique h/ f	Agence marketing & promotion	Hauts-de-Seine (92)
Directeur(trice) comptable	Gros œuvre	Île-de-France
Chef de projet	Extraction pétrolière minière	Île-de-France

« C'est dingue, y a quasiment que des trucs d'ingé-nieurs, de systèmes d'information ou de contrôle de gestion. Que faire ? Ne plus subir mon travail. Faire un truc qui a du sens. » Ça bouillonne. Il en parle à sa copine :

— Je vais changer de voie.

— Pour faire quoi ?

— Je bosserais bien dans un truc éthique, genre commerce équitable.

— T'as des infos sur le secteur ?

— Oui ! J'ai acheté un bouquin, *Un métier pour la planète… et surtout pour moi !*

— Et alors ?

— Ils expliquent qu'il y a peu de boulot là-dedans et que le mieux, c'est encore de créer sa boîte.

— Génial ! Pourquoi tu ne créerais pas ta structure de conseil en environnement ?

— Ouais, pourquoi pas ? Mais il y a des jours où je me dis qu'on pourrait se barrer en Amérique latine.

— Et on ferait quoi là-bas ?

— Je ne sais pas, moi, on pourrait ouvrir un gîte rural sur le « Camino del Inca[1] ».

— Ou un bar de surfeurs à Acapulco ?

— Attends, ça fait du bien de rêver. Sinon, comme autre piste, j'ai regardé les concours de la fonction publique. Je me vois bien passer le CAPES de sciences éco.

— Tu te vois prof, toi ?

— Oui, au moins, j'aurais le sentiment de servir à quelque chose. Regarde, toi, tes élèves, ça t'apporte de la satisfaction.

— Et t'as pensé à la perte de salaire ?

— Oui, je suis prêt à faire des sacrifices.

------

1. Ancien chemin royal qui mène à la Cité perdue des Incas, le Machu Picchu. Belle randonnée de quarante-cinq kilomètres avec des vues imprenables.

Ludo va jusqu'au bout et se prépare au concours pour devenir prof d'éco. Vraiment buté, il ne veut pas se plier à un boulot alimentaire. Ce n'est ni par paresse ni pour la sécurité de l'emploi qu'il est parti dans la fonction publique, mais pour trouver du sens.

Mais la plupart des cadres ne franchissent pas le pas, car il faut bien gagner sa vie. Ceux-là aimeraient au moins pouvoir critiquer leur travail sans culpabiliser. Ils réclament un discours de vérité sur des métiers trop magnifiés. Ils aimeraient qu'on avoue que faire du ticking[1] dans l'audit n'est pas de l'« émotion forte assurée ». Faire des copier-coller dans un outil de gestion de contenu Web, on kiffe pas. Et arrêtons de dire qu'on va refaire le packaging d'une boîte de Panzoni en « se faisant plaisir ».

S'épanouir dans son boulot… bel objectif, c'est vrai. Mais si on n'y arrive pas, on veut juste ne pas être forcé de le faire croire.

---

1. Comparer deux documents comptables pour vérifier leur exactitude. Quand les deux colonnes correspondent, cela fait « tick ».

Une promo ? Non merci !

Avant, une promotion, ça ne se refusait pas. Ni une ni deux, le jeune cadre dynamique fonçait vers le sommet en rayant le parquet.

Maintenant, il soupèse le pour et le contre, arbitre et décide. C'est une blague ? Pourquoi refuser un poste avec plus de responsabilités et un meilleur salaire ? Bizarre... Pourtant, de plus en plus de jeunes cadres osent dire non.

Roberto, vingt-huit ans, travaille dans le conseil depuis trois ans chez Altranse à la Défonce.

Ses parents, une famille d'origine italienne installée à Nice, sont très fiers. Sa *mamma* parle de lui à toutes ses copines. Son père est content de l'avoir poussé à faire Sup de Co Toulouse.

Son n+1 se perd en circonvolutions, mais lui annonce la nouvelle :

— Voilà, pour résumer, on pense que tu es mûr pour passer chef de projet. Tu géreras des projets stratégiques, et tu seras en front avec le client.

— OK, merci, je réfléchis.

— Comment ça, tu réfléchis? C'est une opportunité pour toi.

— Bah, je vais étudier ta proposition.

— Y a même pas à réfléchir, mais bon, tu fais comme tu le sens.

Hyperflatteur de passer chef de projet à vingt-huit ans! Roberto devrait sauter de joie, fêter ça avec ses potes, appeler ses parents pour leur annoncer la bonne nouvelle.

Mais là, non, il hésite. Manque d'ambition? Peur de relever des challenges? Le problème n'est pas là, Roberto souhaite juste peser les avantages et les inconvénients de la promotion.

Il passe voir ses parents à Nice le week-end suivant.

— Papa, au fait, on me propose de passer chef de projet.

— C'est génial. Félicitations! On va fêter ça quand ta mère sera rentrée des courses!

— Doucement, ne lui dis pas encore, je ne suis pas sûr d'accepter.

— Comment ça, tu plaisantes? Tu dis ça pour me provoquer?

— Non, je suis sérieux, je ne suis pas sûr de vouloir ce poste.

— Mais t'as conscience que si tu refuses, tu te grilles?

— Et alors? Je ne suis pas marié avec Altranse. J'irai voir ailleurs.

— Réfléchis bien quand même.

— Puis regarde oncle Marco! Il a tout sacrifié pour

son job pour être jeté comme une chaussette après trente ans de boîte.

— Oui, et alors, c'est quoi le rapport ?

— Le rapport, c'est que je n'ai pas envie de me sacrifier pour ma boîte.

Son oncle, ingénieur, a tout donné durant vingt-cinq ans à une entreprise de construction navale. Résultat, il n'a pas vu grandir ses deux filles et sa femme l'a quitté. Passionné par les livres anciens, il a renoncé à son rêve de monter une librairie. Licencié à cinquante-deux ans, ça a été comme une mort sociale pour lui.

Roberto hésite quand même à laisser passer l'opportunité. Il en parle à Éric, un pote à lui, chef de projet depuis un an :

— Ça se passe bien pour toi, Éric, sur ton projet ?

— En ce moment, je n'arrête pas. J'ai des merdes tout le temps.

— C'est *speed* quoi !

— Oui, hyper-*speed*. Je suis tout le temps sollicité. Tiens, là, je dois réorganiser le planning car j'ai deux mecs en arrêt maladie.

— Bah, ça ne donne pas envie de passer CP[1]. Y a Jean-Luc qui me le propose.

— Bienvenue au club. Fais-toi bien augmenter avant. Il t'en a parlé, de ça ?

— Non, il m'a juste dit que si j'atteignais mes objectifs, on réévaluerait mon fixe dans six mois.

---

1. Chef de projet.

— Ouais, c'est ça ! Le stress sans les pépètes.

— Toi, si c'était à refaire, tu resignerais ?

— Je n'en sais rien. Le problème, c'est que je n'ai plus de temps pour rien.

— Tu n'arrives pas à déconnecter chez toi ?

— Ah ça non ! Car si mon projet foire, le fusible, c'est bibi.

« Je ne veux pas forcément réussir dans la vie, mais plutôt réussir ma vie. » La formule est pompeuse, mais Roberto la sort régulièrement. À tous les coups, ça fait réagir. Lors d'un apéro chez un pote, avec cette fille en jean troué et débardeur pigeonnant :

— Mais c'est intéressant ton boulot, non ?

— Euh… si je suis sincère, pas trop.

— Et tu vas changer de boîte ?

— Non, là, ils me proposent une promo, mais je crois que je vais refuser.

— Ah bon ?

— En fait, c'est pas vraiment que je n'aime pas mon boulot, mais ça me prend trop de temps. En ce moment, je suis à fond dans le théâtre. Et déjà, j'arrive à chaque fois à la bourre aux repèt' et je n'ai pas le temps d'apprendre mes textes.

— Le temps, on le trouve quand on veut.

— J'ai horreur de cette phrase. Ça demande de l'investissement. On fait un spectacle de fin d'année. On a déjà quatre-vingts personnes qui viennent nous voir.

Lundi matin, Roberto se fait un dernier petit bilan pour prendre sa décision. Il descend boire un petit noir au zinc du Balbuzard, avec son petit calepin où il griffonne les « plus » et les « moins » de sa promo.

Les plus ? Ça fera plaisir à ma mère. J'aurai le titre de *team leader*. Je pourrai un peu déléguer. Les moins ? Le stress, les emmerdes, le temps de travail, risque de devoir abandonner le théâtre et un salaire quasi identique. Et en plus, je ne pourrai pas déléguer le stress.

Bon, d'accord, j'oriente peut-être un peu le débat, se dit Roberto. Allez ! Je me lance, je vais annoncer mon refus à Jean-Luc.

— Je peux te voir deux minutes ?

— Vite fait. Je suis charrette. C'est pour quoi ?

— Juste pour te dire que j'ai bien réfléchi. Je ne souhaite pas passer chef de projet.

Jean-Luc, d'ordinaire placide, explose :

— Tu me déçois, Roberto. Nous, on mise sur toi et toi, tu te dégonfles. Ça doit être ton côté « pétanqueur » qui ressort.

— Pas du tout ! Je préfère continuer à monter en compétences côté expertise.

Bon alibi professionnel, l'expertise. Jean-Luc ne peut rien faire contre lui directement. Son seul moyen d'action : l'écarter du flux. Il le retire de sa liste de diffusion et oublie de l'inviter à certaines réunions.

Mais Roberto assume sa décision. Il ira se revendre ailleurs, en attendant de créer sa boîte.

Ainsi les intérêts individuels des salariés et ceux de l'entreprise sont tellement séparés que l'instrument suprême – la promotion – en est affecté.

Il est vrai que parfois, dans leur calcul, les jeunes cadres intègrent la vie privée, mais, quand ils le font, c'est une conséquence du lien cassé avec l'entreprise, pas la cause.

Tous les papas poules, les femmes sexys et maternelles, les passionnés de théâtre ou de flamenco… qui brûlent leurs RTT et refusent des promotions pour tout concilier, ne sont pas forcément des « pétanqueurs » qui ont perdu la valeur travail.

Disons plutôt que le travail de cadre n'est plus ce qu'il était… alors une promotion… faut voir.

Candidat au licenciement

Avant, on tremblait à la perspective d'un plan social. Maintenant, on se bat pour être sur la ligne de départ.

Ça paraît ubuesque mais, lorsque les entreprises ouvrent des plans de volontariat, il y a parfois plus de candidats au départ que de postes à supprimer. Et les jeunes cadres sont les premiers à postuler.

Gillian, vingt-six ans, a un profil orienté 100 % business : école de commerce, dont deux ans en junior entreprise, master médias et communication, stage en marketing direct. Bref, une fille « bien dans le moule ».

Son premier job, elle l'obtient chez Brand Push, une agence de marketing relationnel à taille humaine. On l'a bombardée direct chef de pub avec pas mal de responsabilités. Ça lui permet de faire ses armes pour monter sa propre agence plus tard.

Brand Push, la petite boîte qui monte, est rachetée par DDBTC, une grosse agence de com américaine qui souhaite renforcer son expertise en marketing relationnel.

Changement radical de décor. D'abord, déménagement : dans des locaux genre loft avec poutres métalliques, baies vitrées et plateaux en *open space*. Ensuite, *downsizing*, traduisez « on remet tout à plat ». L'effectif de Brand Push est réparti entre deux entités, DDBTC Corporate et DDBTC Net. Du coup, on ne sait plus trop qui fait quoi et pour qui.

Gillian découvre les joies des *process* et des solutions clés en main. Fini le côté artisanal de Brand Push, où elle pouvait délivrer de la qualité avec créativité. « On veut que je reste dans ma case sur mes petits projets et que ça crache. »

Elle ne sait pas qui est son boss, à qui elle est rattachée, pour qui elle reporte. Supermotivant.

Elle appelle son père pour lui raconter :

— Alors, comment va ta boîte depuis le rachat ?

— Ben, je ne me sens plus concernée. Je ne suis qu'une ressource parmi d'autres.

Daniel, un élu du CE[1], donne un *feedback* à Gillian de la dernière réunion CE :

— T'as lu mon compte rendu ?

— Ouais, en diagonale.

— Ça fait deux mois qu'un plan de restructuration est « dans le pipe[2] », mais, là, ça se précise.

---

1. Comité d'entreprise.
2. À prononcer à l'américaine : « païïïïïpe ». Signifie : « C'est dans les tuyaux. » Voir Glossaire.

— Ils vont ouvrir un plan de volontariat ?

— Rien de tranché pour l'instant. Mais je le sens bien, ouais.

— Mortel ! Dès que t'as l'info, tu me bipes, s'il te plaît, parce que je suis hypermotivée pour poser ma candidature.

— Pas de souci, je te préviendrai avant de diffuser le compte rendu, car tu ne seras pas seule.

On dirait qu'ils se refilent un bon plan pour un appart qui se libère ! Il s'agit pourtant bien d'une offre collective de départ. Un pré-plan social en clair.

Un mois plus tard, DDBTC lance un appel au volontariat. Et, comme prévu, il y a plus de candidats au départ que de postes à supprimer.

Gillian veut en être. Ça fait un moment qu'elle a des envies de fuite. Mais pas en avant dans n'importe quelles conditions. Le plan de départ, c'est le bon plan : un chèque, les Assedic derrière, et pas besoin de justifier son départ auprès des futurs employeurs – ce n'est pas de sa faute si sa boîte n'a pas fait les choix stratégiques.

Pour définir sa stratégie de départ, elle va à la pêche aux infos en traînant à la machine à café, dans les couloirs et dans l'*open space*.

— Toi aussi, Stéphane, t'es candidat ?

— Oui, qui t'a filé l'info ?

— Jean-Philippe, pour l'instant, il y a quarante-cinq candidats pour quinze places.

— T'as plus de chances d'être prise, toi. T'es hyper bien vue.

— Ben, justement, ils vont vouloir me garder.

« Stéphane, c'est un concurrent sérieux. Il est chef de projet comme moi et fera donc partie du même quota. Faut que je me démarque dans ma lettre de candidature », se dit Gillian.

Vous avez bien lu : les lettres de motivation ne servent pas qu'à se faire embaucher. Elles servent aussi à se faire débarquer. Dans les jours qui suivent, Gillian va donc faire du lobbying auprès des RH, histoire de faire savoir habilement qu'elle est « prête à se sacrifier » s'ils ont du mal à définir une liste de candidats au départ.

Finalement, Gillian obtient son ticket de départ. Tous n'ont pas la même chance, et il ne faut pas s'étonner de voir des jeunes claquer du jour au lendemain la porte de leur entreprise, sans prévenir leur hiérarchie, et sans Assedic à la clé.

Pas bon signe, tout ça ! Mais où sont passés la fougue des débuts, l'enthousiasme des jeunes cadres ? Un petit message positif pour conclure ?

Pas notre but. Nous ne sommes pas là pour adoucir. Le divorce entre les jeunes et l'entreprise est un sujet dont on peut rire – culture du *fun* oblige –, mais qu'il faut prendre au sérieux, car nous savons trop ce que ces sourires, nos sourires, peuvent cacher.

GLOSSAIRE

Anxiogène : Qui suscite l'anxiété, générateur de stress. « Ça va pas être anxiogène ? » est la question piège de tout chef de produit pour contrer une proposition trop osée de son agence. Le stress étant le cancer des affaires, toute proposition anxiogène est gommée comme la cellulite sur les photos de stars.

Appétence : Acte de susciter le désir. Le degré d'appétence correspond au désir d'achat ressenti par un individu pour une marque ou un produit. Un slogan appétent : « Que du bonheur ! » Des visuels appétents : un zoom sur une poitrine, un focus sur une part de pizza, une bonne bouille de bébé bien portant.
Mot tellement utilisé dans les « reco » des agences de pub qu'il ne suscite plus rien.

ASAP (ou TTU) : *As soon as possible*. Le plus tôt possible. A remplacé le terme « urgent » qui pêchait par son caractère trop impératif. La version française, moins glamour, est TTU (très, très urgent), à toujours mettre sous forme abrégée pour atténuer l'injonction, et parce que vous n'avez pas le temps.

Pour faire face à un TTU, répondez par «Je reviens vers vous dès que possible», qui allie professionnellement urgence et imprécision.

Aspirationnel : Anglicisme hideux (*aspirational, enjoyed by people*) qui signifie susciter le rêve d'une cible, d'une génération, d'une population en jouant sur ses aspirations.
Chaque consommateur doit avoir son vécu de marque grâce au discours aspirationnel de celle-ci. Chaque salarié doit avoir son vécu d'entreprise grâce au discours aspirationnel du manager. Plus simplement, aspirationnel signifie «qui plaît aux gens».

Booster : Stimuler, donner un coup de fouet. Pour améliorer la capacité à délivrer de ses cadres, l'entreprise les «booste» à coups de week-end de *teambuilding*.
S'emploie aussi dans le domaine privé. «Faudrait que je me booste pour aller courir trois fois par semaine.»

Bosser en transversal : Bosser en équipe mais sans rapport hiérarchique. Le travail en mode projet impose ce genre de système flexible. On recrute des cadres capables de travailler en transversal, c'est-à-dire de cadrer sans commander.

Brainstorming (ou tempête de cerveau) : Réunion créative où chacun s'exprime sans jugement, ni classement sur un thème donné.
Pas de censure donc, afin de laisser jaillir les idées, même les plus folles.

Burn out : Brûlure intérieure causée par le stress au travail qui consume le physique et le mental.
Le burn-outé a du mal à se lever le matin, mais doit trouver des ressources pour positiver et se *booster* pour aller à la salle de sport.

C'est dans le pipe : De l'anglais *pipe*, « tuyau », et à prononcer à l'américaine « païïïïïpe ».
Se dit des projets presque vendus au client. Pour rassurer les salariés, que le chiffre d'affaires soit bon ou pas, on dit toujours que le *pipe* est toujours plein. Ça fait marrer, mais ça ne rassure personne.

Circulariser : De l'anglais *to circulate*, « circuler ». Encore cette *english touch* qui véhicule l'impression que ce document va faire le tour de la boîte et se diffuser dans les réseaux dès que l'ordre en a été donné.

Conduite du changement : Tout changement est bon si on le regarde sous l'angle de la rentabilité à court terme. Mais certains changements (restructuration, *downsizing*, nouveaux logiciels) provoquent des crispations curieuses chez les gens. « Ça marchait très bien avant », « Pourquoi moi ? » Les consultants sont là pour vaincre ces résistances par le plus bel euphémisme que ce métier ait inventé : la conduite du changement.

Customiser : Personnaliser, s'approprier. Tout est customisable : la coque de son téléphone, les motifs de ses chaussures, le fond d'écran de son ordinateur… C'est peut-être un détail pour vous, mais cela permet de vendre des produits standard en les rendant uniques.

Délivrer : De l'anglais *to deliver*, «fournir». Dans le business, il faut délivrer. Délivrer de la qualité, du document, de la valeur ajoutée, un sourire. Un cadre qui ne
délivre pas est un cadre qui met du temps à pondre. En
général, on rajoute sur ce cadre : «Olivier, ce n'est pas
un violent !», mais seulement s'il s'appelle Olivier.

Downsizing : On ne dit plus «réduction des effectifs», on
dit *downsizing*. Certains, mal élevés ou gauchistes,
s'obstinent à utiliser le mot de «licenciement».

Faire un max de buzz : Signifie faire du bruit, faire
connaître. Ça englobe tout : le bouche à oreille, le marketing viral (une info se propage par le Web), un mot
qui va faire du bruit. Tout le monde cherche à faire du
buzz. Résultat, on ne s'entend plus.

Implémenter : Du verbe anglais *to implement*, «mettre en
œuvre». Très utilisé car permet de prononcer un mot au
lieu de trois.

«Je me rapproche de ma hiérarchie» (ou **«Je vais en parler à mon n+1»**) : Façon de botter en touche face à une
question embarrassante d'un client pour lui signifier
qu'on ne peut pas lui répondre pour le moment, mais
que sa question est si pertinente qu'elle sera examinée en
haut lieu.

«Je reviens vers toi» : Traduction littérale de l'anglais : *I'll
get back to you*.
À prononcer sur un ton emprunté pour signifier à un

client qu'on va le recontacter après avoir étudié son dossier en profondeur, ou pour faire gentiment patienter un collaborateur.

«Je suis confortable avec l'idée» : Traduction littérale et incorrecte de l'anglais : *I'm familiar with*.
D'autres mauvaises traductions sont également utilisées : «Je suis d'accord avec ton point», «Je suis familier avec le concept».

«Je suis en mode projet» (ou **«Je suis aux taquets»**) : Je suis orienté action, j'ai un horizon budgétaire et un planning d'action en tête.
Se diffuse dans le domaine privé pour gérer ses weekends ou sa vie sentimentale. On peut ainsi entendre dans l'*open space* : «J'appelle Marie pour le dîner de ce soir et je reviens vers toi» ou «J'ai *booké* mon week-end de la semaine 32 et fixé à ma cousine Stéphanie le 28 comme *deadline* pour sa réponse».

Knowledge management : Littéralement «gestion des connaissances». Permet d'organiser, de partager des connaissances entre les membres d'une même boîte dans des communautés de pratiques. Vœu pieux car, dans les faits, tout le monde a la tête dans le guidon et personne n'a le temps de capitaliser.

L'opérationnel : En opposition avec le «stratégique», tout ce qui concerne la mise en œuvre, l'exécution… Toutes les boîtes de conseil vendent au prix fort de la stratégie, mais intègrent le mot opérationnel à toutes leurs «reco» pour montrer que leurs solutions sont pratiques, réalistes, et donc rentables. De la même façon, pour conjurer l'angoisse de l'abstrait, on répète « concret » à la moindre occasion et pour conjurer l'angoisse du court terme volatile, on ajoute « pérenne » à toutes les sauces. Ainsi, les boîtes de conseils sont en mesure de proposer « des solutions concrètes et pérennes pour une proposition stratégique tournée vers l'opérationnel ».

Mutualiser : À l'origine, mutualiser signifiait utiliser un même équipement pour des applications/clients différents afin de partager les coûts. Maintenant, on mutualise tout (équipements mais aussi ressources budgétaires et humaines) sur tous les projets. On ne sait pas forcément comment ni pourquoi, mais celui qui ne mutualise pas s'exclut du mouvement.

« On ne pourrait pas mutualiser ? » Euphémisme lancé par les clients pour laisser espérer une baisse des coûts de la part de son prestataire. Le prestataire, de son côté, l'utilise pour justifier un prix fort en ouvrant la perspective d'économies futures par la mutualisation. Bref, verbe « ping-pong » très utilisé pendant les négociations.

N+1 : Dans le consulting, on parle de n+1 et non de boss. Ça permet de gérer la rotation des effectifs.

One to one : Marketing individualisé par opposition au marketing de masse. Avec Internet, on peut récolter les besoins de chacun (son âge, ses goûts musicaux, la couleur de ses cheveux) et donc proposer des produits ou des services sur mesure. Chaque consommateur se sent traité comme une personne à part entière. On s'adresse à lui directement. On le fidélise. On le tutoie. On l'aime.

Expression entrée dans le langage courant (pro et privé) pour signifier un entretien en tête-à-tête. « On s'en parle en *one to one* ? » Moins solennel et ambigu que « entre nous », ou que « tous les deux ».

Propale : Mot-valise créé à partir de l'expression « proposition commerciale ».

On bizute souvent les juniors avec des « soirées propale », passée au coin de l'ordi à ingurgiter parts de pizza et soda. Les propales, soi-disant des plans d'action sur mesure, se transforment souvent en copier-coller de quelques pages types où l'on change juste le nom des clients.

Reco : Diminutif de « recommandation » employé dans les agences de pub et de com.

C'est dans ce document qu'on explique au client ce qu'il doit faire pour *booster* sa marque.

Reengineering : Identification et suppression des tâches inutiles pour les remplacer par de nouveaux processus plus efficaces. Ainsi, pour être iso et norme qualité, il faut entamer une démarche « BPR » (Business Process Reengineeering), soit une réorganisation totale avec licenciement à la clé.

Reporting : Compte rendu d'activité sous forme de feuille de temps (ou *timesheet*).

On passe un temps fou à reporter car, dans l'entreprise moderne, « je reporte donc je suis ». Mais qui suis-je ? Un automate ? Non, cadre autonome qui gère ses feuilles de temps en fractionnant ses journées en huitièmes.

Retour : Curieusement plus utilisé que *feedback*, pourtant anglais, et donc plus pro. « On attend les retours du client », « J'ai pas eu ton retour », « Je vous fais un retour » : le retour est à la fois une réponse (« j'attends le retour client »), une réaction (le taux de retour des consommateurs), un avis (« c'est quoi ton retour sur Philippe ? »), et un compte rendu (retour sur expérience).

Cette polysémie ne doit cependant pas faire oublier que le meilleur retour que l'on attend de vous est le ROI (*Return On Investment*), le retour sur investissement.

Solutionner : On ne dit plus régler un problème mais solutionner une problématique. Un bon solutionneur doit toujours avoir la volonté de solutionner. De toute façon : « Il n'y a pas de problèmes, il n'y a que des solutions. »

Supporter : Devoir payer. « J'ai réussi à me faire connaître sans supporter les coûts d'une campagne publicitaire. » À chaque réunion, tout le monde se demande qui va supporter les coûts ? L'agence ou le client ? Obsession insupportable.

Teambuilding : Littéralement « renforcement d'équipes ». Les séjours de *teambuilding* ne servent pas à atténuer l'individualisme des salariés, mais à le canaliser dans une dynamique d'équipe. Les salariés se retrouvent dans la joie et la bonne humeur autour de baby-foot géants ou d'alpinisme dans les arbres pour apprendre à être performant… ensemble.

Teamplayer : Littéralement « celui qui joue le jeu ». Un *teamplayer* est un cadre qui fait des accords *win-win* (« gagnant-gagnant ») avec ses équipiers, et possède un sens aigu du collectif pour, au final, récolter le maximum de primes… individuelles.

Quand le business roule, le *teamplayer* accepte, avec le sourire, de ne pas compter ses heures. Quand cela va moins bien, il est censé « prendre ses responsabilités », c'est-à-dire démissionner.

Timesheet : Pointeuse moderne. Feuille de présence où les cadres « autonomes » répartissent leurs heures en fonction de leurs différents dossiers ou clients.

Visibilité interne : Pour être bien évalué, il faut se faire remarquer dans l'entreprise. Et pour cela l'important n'est pas de bien travailler, mais de montrer sa bobine à la moindre *sandwich-party*, d'être participatif aux réunions *corporate*, et de devenir le VRP de sa propre image au séminaire de *teambuilding*. Version moderne du lèche-cul.

Wording : Un bon *wording* contient des mots basiques, faussement précis et surtout anglicisés. Oubliez les termes châtiés acquis lors de lectures trop intellectuelles. Privilégiez des phrases comme : « De toute façon, si tu sais prendre le *lead*, tu seras d'équerre sur le *wording* et le rubriquage pour ta reco. »

REMERCIEMENTS

Merci à :

Arra, Bruno G., Chuck, David L., David R., Dobi,
Édouard D. I., François D., Jehan K., Jérôme L., l'Irish,
Julie L., Lolo, Ludo M., Marina S., Mathieu F.,
Melissa D., Nadouche, Nathalie S., Nico, Nicolas D. D.,
Olivier B., Olivier H., Pierre B., Sandie C., Sébastien F.,
Tarik L. et Victor O. pour leurs témoignages qui ont
alimenté ou inspiré certaines saynètes de ce livre.

 **www.livredepoche.com**

- le **catalogue** en ligne et les dernières
  parutions
- des **suggestions de lecture** par des libraires
- une **actualité éditoriale permanente** :
  interviews d'auteurs, extraits audio et vidéo,
  dépêches…
- **votre carnet de lecture** personnalisable
- des **espaces professionnels** dédiés
  aux journalistes, aux enseignants
  et aux documentalistes

Composition réalisée par IGS-CP

Achevé d'imprimer en Espagne en août 2009 par
LITOGRAFIA ROSÉS S.A.
08850 Gavá
Dépôt légal 1re publication : septembre 2009
Librairie Générale Française - 31, rue de Fleurus
75278 Paris Cedex 06

31/2900/4